Obras de MIGUEL DE UNAMUNO en «Biblioteca de Autor»:

Niebla
Del sentimiento trágico de la vida
Abel Sánchez
Paisajes del alma
Diario íntimo
Recuerdos de niñez y de mocedad
Tres novelas ejemplares y un prólogo
Antología poética
    Introducción y selección de J. M. Valverde
La tía Tula
La agonía del cristianismo

Vida de Don Quijote y Sancho
Amor y pedagogía
San Manuel Bueno, mártir.
    Cómo se hace una novela
En torno al casticismo
Paz en la guerra
Por tierras de Portugal y de España
Andanzas y visiones españolas
La novela de don Sandalio, jugador de ajedrez, y tres historias más

El espejo
de la muerte

Biblioteca Unamuno

Miguel de
Unamuno

El espejo
de la muerte

El libro de bolsillo
Biblioteca de autor
Alianza Editorial

Diseño de cubierta: Alianza Editorial
Proyecto de colección: Odile Atthalin y Rafael Celda
Ilustración de cubierta: Ignacio Zuloaga. *Retrato de la Oterito en su camerino* (fragmento). © Ignacio Zuloaga. VEGAP, Madrid, 2009

Reservados todos los derechos. El contenido de esta obra está protegido por la Ley, que establece penas de prisión y/o multas, además de las correspondientes indemnizaciones por daños y perjuicios, para quienes reprodujeren, plagiaren, distribuyeren o comunicaren públicamente, en todo o en parte, una obra literaria, artística o científica, o su transformación, interpretación o ejecución artística fijada en cualquier tipo de soporte o comunicada a través de cualquier medio, sin la preceptiva autorización.

© Herederos de Miguel de Unamuno
Este libro fue editado por mediación de Ute Körner Literary Agent, S. L., Barcelona
www.uklitag.com
© Alianza Editorial, S. A., Madrid, 2009
Calle Juan Ignacio Luca de Tena, 15
28027 Madrid; teléfono 91 393 88 88
www.alianzaeditorial.es
ISBN: 978-84-206-8260-0
Depósito legal: M. 18.166-2009
Composición: Gráficas Blanco, S. L.
Impreso en Fernández Ciudad, S. L.
Printed in Spain

SI QUIERE RECIBIR INFORMACIÓN PERIÓDICA SOBRE LAS NOVEDADES DE ALIANZA EDITORIAL, ENVÍE UN CORREO ELECTRÓNICO A LA DIRECCIÓN:
alianzaeditorial@anaya.es

El espejo de la muerte
Historia muy vulgar

¡La pobre! Era una languidez traidora que iba ganándole el cuerpo todo de día en día. Ni le quedaban ganas para cosa alguna: vivía sin apetito de vivir y casi por deber. Por las mañanas costábale levantarse de la cama, ¡a ella, que se había levantado siempre para poder ver salir el sol! Las faenas de la casa le eran más gravosas cada vez.

La primavera no resultaba ya tal para ella. Los árboles, limpios de la escarcha del invierno, iban echando su plumoncillo de verdura; llegábanse a ellos algunos pájaros nuevos; todo parecía renacer. Ella sola no renacía.

«¡Esto pasará –decíase–, esto pasará!», queriendo creerlo a fuerza de repetírselo a solas. El médico aseguraba que no era sino una crisis de la edad; aire y luz, nada más que aire y luz. Y comer bien; lo mejor que pudiese.

¿Aire? Lo que es como aire le tenían en redondo, libre, soleado, perfumado de tomillo, aperitivo. A los cuatro vientos se descubría desde la casa el horizonte de tierra, una tierra lozana y grasa que era una bendición del Dios de los campos. Y luz, luz libre también. En cuanto a comer..., «pero, madre, si no tengo ganas...».

—Vamos, hija, come, que a Dios gracias no nos falta de qué; come —le repetía su madre, suplicante.

—Pero si no tengo ganas, le he dicho...

—No importa. Comiendo es como se las hace una.

La pobre madre, más acongojada que ella, temiendo se le fuera de entre los brazos aquel supremo consuelo de su viudez temprana, se había propuesto empapizarla, como a los pavos. Llegó hasta a provocarle bascas, y todo inútil. No comía más que un pajarito. Y la pobre viuda ayunaba en ofrenda a la Virgen pidiéndole diera apetito, apetito de comer, apetito de vivir, a su pobre hija.

Y no era esto lo peor que a la pobre Matilde le pasaba, no era el languidecer, el palidecer, marchitarse y ajársele el cuerpo; era que su novio, José Antonio, estaba cada vez más frío con ella. Buscaba una salida, sí, no había dudado de ello; buscaba un modo de zafarse y dejarla. Pretendió primero, y con muy grandes instancias, que se apresurase la boda, como si temiera perder algo, y a la respuesta de madre e hija de: «No; todavía no, hasta que me reponga; así no puedo casarme», frunció el ceño. Llegó a decirle que acaso el matrimonio la aliviase, la curase, y ella, tristemente: «No, José Antonio, no; éste no es mal de amores, es otra cosa: es mal de vida». Y José Antonio la oyó mustio y contrariado.

Seguía acudiendo a la cita el mozo, pero como por compromiso, y estaba durante ella distraído y como absorto en algo lejano. No hablaba ya de planes para el porvenir, como si éste hubiera para ellos muerto. Era como si aquellos amores no tuviesen ya sino pasado.

Mirándole como a espejo le decía Matilde:

—Pero, dime, José Antonio, dime, ¿qué te pasa?; porque tú no eres ya el que antes eras...

—¡Qué cosas se te ocurren, chica! ¿Pues quién he de ser...?

—Mira, oye: si te has cansado de mí, si te has fijado ya en otra, déjame. Déjame, José Antonio, déjame sola, porque sola me quedaré; ¡no quiero que por mí te sacrifiques!

—¡Sacrificarme! Pero, ¿quién te ha dicho, chica, que me sacrifico? Déjate de tonterías, Matilde.

—No, no, no lo ocultes; tú ya no me quieres...

—¿Que no te quiero?

—No, no, ya no me quieres como antes, como al principio...

—Es que al principio...

—¡Siempre debe ser principio, José Antonio!; en el querer siempre debe ser principio; se debe estar siempre empezando a querer.

—Bueno, no llores, Matilde, no llores, que así te pones peor...

—¿Que me pongo peor?, ¿peor?; ¡luego estoy mal!

—¡Mal..., no!; pero... Son cavilaciones...

—Pues, mira, oye, no quiero, no; no quiero que vengas por compromiso...

—¿Es que me echas?

—¿Echarte yo, José Antonio, yo?

—Parece que tienes empeño en que me vaya...

Rompía aún más a llorar la pobre. Y luego, encerrada en su cuarto, con poca luz ya y con poco aire, mirábase Matilde una y otra vez al espejo y volvía a mirarse en él. «Pues no, no es gran cosa –se decía–; pero las ropas cada vez se me van quedando más grandes, más holgadas, este justillo me viene ya flojo, puedo meter las dos manos por él; he tenido que dar un pliegue más a la saya... ¿Qué es esto, Dios mío, qué es?» Y lloraba y rezaba.

Pero vencían los veintitrés años, vencía su madre, y Matilde soñaba de nuevo en la vida, en una vida verde y fresca, aireada y soleada, llena de luz, de amor y de campo; en un largo porvenir, en una casa henchida de faenas, en unos hijos y, ¿quién sabe?, hasta en unos nietos. ¡Y ellos, dos viejecitos, calentando al sol el postre de la vida!

José Antonio empezó a faltar a las citas, y una vez, a los repetidos requerimientos de su novia de que la dejara si es que ya no la quería como al principio, si es que no seguía empezando a quererla, contestó con los ojos fijos en la guija del suelo: «Tanto te empeñas, que al fin...». Rompió ella una vez más a llorar. Y él entonces, con brutalidad de varón: «Si vas a darme todos los días estas funciones de lágrimas, sí que te dejo». José Antonio no entendía de amor de lágrimas.

Supo un día Matilde que su novio cortejaba a otra, a una de sus más íntimas amigas. Y se lo dijo. Y no volvió José Antonio.

Y decía a su madre la pobre:

–¡Yo estoy muy mala, madre; yo me muero...!

–No digas tonterías, hija; yo estuve a tu edad mucho peor que tú; me quedé en puros huesos. Y ya ves cómo vivo. Eso no es nada. Claro, te empeñas en no comer...

Pero a solas en su cuarto y entre lágrimas silenciosas pensaba la madre: «¡Bruto, más que bruto! Por qué no aguardó un poco..., un poco, sí, no mucho... La está matando... antes de tiempo...».

Y se iban los días, todos iguales, unánimes, llevándose cada uno un jirón de la vida de Matilde.

Acercábase el día de Nuestra Señora de la Fresneda, en que iban todos los del pueblo a la venerada ermita, donde se rezaba, pedía cada cual por sus propias necesidades, y era la vuelta una vuelta de romería, entre bailes, retozos, cantos y relinchidos. Volvían los mozos de la mano, del brazo de las mozas, abrazados a ellas, cantando, brincando, jijeando, retozándose. Era una de besos robados, de restregones, de apretujeos. Y los mayores se reían recordando y añorando sus mocedades.

–Mira, hija –dijo a Matilde su madre–; está cerca el día de Nuestra Señora; prepara tu mejor vestido. Vas a pedirle que te dé apetito.

–¿No será mejor, madre, pedirle salud?

–No, apetito, hija, apetito. Con él te volverá la salud. No conviene pedir demasiado ni aun a la Virgen. Es menester pedir poquito a poquito; hoy una miaja, mañana otra. Ahora apetito, que con él te vendrá la salud, y luego...

–Luego, ¿qué, madre?

–Luego un novio más decente y más agradecido que ese bárbaro de José Antonio.

–¡No hable mal de él, madre!

–¡Que no hable mal de él! ¿Y me lo dices tú? Dejarte a ti, mi cordera, ¿y por quién? ¿Por esa legañosa de Rita?

—No hable mal de Rita, madre, que no es legañosa. Ahora es más guapa que yo. Si José Antonio no me quería ya, ¿para qué iba a seguir viniendo a hablar conmigo? ¿Por compasión? ¿Por compasión, madre, por compasión? Yo estoy muy mal, lo sé, muy mal. Y a Rita da gusto de verla, tan colorada, tan fresca...

—¡Calla, hija, calla! ¿Colorada? Sí, como el tomate. ¡Basta, basta!

Y se fue a llorar la madre.

Llegó el día de la fiesta. Matilde se atavió lo mejor que pudo, y hasta se dio, ¡la pobre!, colorete en las mejillas. Y subieron madre e hija a la ermita. A trechos tenía la moza que apoyarse en el brazo de su madre; otras veces se sentaba. Miraba al campo como por despedida, y esto aun sin saberlo.

Todo era en torno alegría y verdor. Reían los hombres y los árboles. Matilde entró a la ermita, y en un rincón, con los huesos de las rodillas clavados en las losas del suelo, apoyados los huesos de los codos en la madera de un banco, anhelante, rezó, rezó, rezó, conteniendo las lágrimas. Con los labios balbucía una cosa, con el pensamiento otra. Y apenas si veía el rostro resplandeciente de Nuestra Señora, en que se reflejaban las llamas de los cirios.

Salieron de la penumbra de la ermita al esplendor luminoso del campo y emprendieron el regreso. Volvían los mozos, como potros desbocados, saciando apetitos acariciados durante meses. Corrían mozos y mozas, excitando con sus chillidos éstas a aquéllos a que las persiguieran. Todo era restregones, sobeos y tentarujas bajo la luz del sol.

Y Matilde lo miraba todo tristemente, y más tristemente aún lo miraba su madre, la viuda.

–Yo no podría correr si así me persiguieran –pensaba la pobre moza–, yo no podría provocarles y azuzarles con mis carreras y mis chillidos... Esto se va.

Cruzáronse con José Antonio, que pasaba junto a ellas acompañando al paso a Rita. Los cuatro bajaron los ojos al suelo. Rita palideció, y el último arrebol, un arrebol de ocaso encendió las mejillas de Matilde, de donde la brisa había borrado el colorete.

Sentía la pobre moza en torno de sí el respeto como espesado: un respeto terrible, un respeto trágico, un respeto inhumano y cruelísimo. ¿Qué era aquello? ¿Era compasión? ¿Era aversión? ¿Era miedo? ¡Oh, sí; tal vez miedo, miedo tal vez! Infundía temor; ¡ella, la pobre chiquilla de veintitrés años! Y al pensar en este miedo inconsciente de los otros, en este miedo que inconscientemente también adivinaba en los ojos de los que al pasar la miraban, se le helaba de miedo, de otro más terrible miedo, el corazón.

Así que traspuso el umbral de la solana de su casa, entornó la puerta; se dejó caer en el escaño, reventó en lágrimas y exclamó con la muerte en los labios:

–¡Ay, mi madre; mi madre, cómo estaré! ¡Cómo estaré, que ni siquiera me han retozado los mozos! ¡Ni por cumplido, ni por compasión, como otras; como a las feas! ¡Cómo estaré, Virgen santa, cómo estaré! ¡Ni me han retozado..., ni me han retozado los mozos como antaño! ¡Ni por compasión, como a las feas! ¡Cómo estaré, madre, cómo estaré!

–¡Bárbaros, bárbaros y más que bárbaros! –se decía la viuda–. ¡Bárbaros, no retozar a mi hija, no retozarla...! ¿Qué les costaba? Y luego a todas esas legañosas... ¡Bárbaros!

Y se indignaba como ante un sacrilegio, que lo era, por ser el retozo en estas santas fiestas un rito sagrado.

—¡Cómo estaré, madre, como estaré que ni por compasión me han retozado los mozos!

Se pasó la noche llorando y anhelando y a la mañana siguiente no quiso mirarse al espejo. Y la Virgen de la Fresneda, Madre de compasiones, oyendo los ruegos de Matilde, a los tres meses de la fiesta se la llevaba a que la retozasen los ángeles.

El sencillo don Rafael
Cazador y tresillista

Sentía resbalar las horas, hueras, aéreas, deslizándose sobre el recuerdo muerto de aquel amor de antaño. Muy lejos, detrás de él, dos ojos ya sin brillo entre nieblas. Y un eco vago, como el del mar que se rompe tras la montaña, de palabras olvidadas. Y allá, por debajo del corazón, susurro de aguas soterrañas. Una vida vacía, y él solo, enteramente solo. Solo con su vida.

Tenía para justificarla nada más que la caza y el tresillo. Y no por eso vivía triste, pues su sencillez heroica no se compadecía con la tristeza. Cuando algún compañero de juego, despreciando un solo, iba a buscar una sola carta para dar bola, solía repetir don Rafael que hay cosas que no se debe ir a buscar: vienen ellas solas. Era providencialista; es decir, creía en el todopoderío del azar. Tal vez por creer en algo y no tener la mente vacía.

–¿Y por qué no se casa usted? –le preguntó alguna vez con la boca chica su ama de llaves.

–¿Y por qué me he de casar?

—Acaso no vaya usted descaminado.

—Hay cosas, señora Rogelia, que no se debe ir a buscar: vienen ellas solas.

—¡Y cuando menos se piensa!

—¡Así se dan las bolas! Pero, mire, hay una razón que me hace pensar en ello...

—¿Cuál?

—La de poder morir tranquilo *ab intestato*.

—¡Vaya una razón! —exclamó el ama alarmada.

—Para mí la única valedera —respondió el hombre, que presentía no valen las razones, sino el valor que se las da.

Y una mañana de primavera, al salir, con achaque de la caza, a ver nacer el sol, un envoltorio en la puerta de su casa. Encorvose a mejor percatarse, y de dentro, un ligerísimo susurro, como de cosas olvidadas. El rollo se removía. Lo levantó; estaba tibio; lo abrió: era una criatura de horas. Quedósele mirando, y su corazón pareció sentir, no ya el susurro, sino el frescor de sus aguas soterrañas. ¡Vaya una caza que me ha deparado el destino!, pensó.

Volviose con el envoltorio en brazos, la escopeta a la bandolera, subiendo las escaleras de puntillas para no despertar a aquello, y llamó quedamente varias veces.

—Aquí traigo esto —le dijo al ama de llaves.

—Y eso, ¿qué es?

—Parece un niño...

—¿Parece sólo...?

—Lo dejaron a la puerta de la calle.

—¿Y qué hacemos con ello?

—Pues... ¿qué vamos a hacer? Bien claro está: ¡criarlo!

—¿Quién?
—Los dos.
—¿Yo? ¡Yo, no!
—Buscaremos ama.
—¡Pero está usted en su juicio, señorito! ¡Lo que hay que hacer es dar parte al juez, y en cuanto a eso, al Hospicio con ello!
—¡Pobrecillo! ¡Eso sí que no!
—En fin, usted manda.

Una madre vecina le prestó caritativamente las primeras leches, y pronto el médico de don Rafael encontró una buena nodriza: una chica soltera que acababa de dar a luz un niño muerto.

—Como nodriza, excelente —le dijo el médico—, y como persona, ya ves, un desliz así puede ocurrirle a cualquiera.

—A mí no —contestó con su sencillez característica don Rafael.

—Lo mejor sería —dijo el ama de llaves— que se lo llevase a su casa a criarlo.

—No —replicó don Rafael—, eso tiene graves peligros; no me fío de la madre de la chica. Aquí, aquí, bajo mi vigilancia. Y no hay que darle disgustos a la chica, señora Rogelia, que de ello depende la salud del niño. No quiero que por una sofoquina de Emilia pase el angelito un dolor de tripas.

Era Emilia, la nodriza, de veinte años, alta, agitanada, con una risa perpetua en los ojos, cuya negrura realzaba el marco de ébano del pelo que le cubría las sienes como con dos esponjosas alas de cuervo, entreabiertos y húmedos los labios guinda, y unos andares de gallina a que el gallo ronda.

—¿Y cómo va a bautizarle usted, señorito? —le preguntó la señora Rogelia.

—Como hijo mío.

—Pero, ¿está usted loco?

—¡Qué más da!

—¿Y si mañana, por esa medalla que lleva y esas contraseñas, aparecen sus verdaderos padres...?

—Aquí no hay más padre ni madre que yo. Yo no busco niños, como no busco bolas; pero cuando vienen... soy libre. Y creo que esta del azar es la más pura y libre de las maternidades. No me cabe la culpa de que haya nacido, pero tendré el mérito de hacerle vivir. Hay que creer en la Providencia siquiera por creer en algo, que eso consuela, y además así podré morirme tranquilo *ab intestato*, pues ya tengo quien me herede forzosamente.

La señora Rogelia se mordió los labios, y cuando don Rafael hizo bautizar y registrar al niño como hijo suyo dio que reír a la vecindad y a nadie que sospechar malicia alguna: tan conocida era su trasparente ingenuidad cotidiana. Y el ama de llaves tuvo, mal de su grado, que avenirse y concordar con el ama de leche.

Ya tenía don Rafael algo más en qué pensar que en la caza y el tresillo; ya estaban sus días llenos. La casa se le llenó de una vida nueva, luminosa y sencilla. Y hasta perdió alguna noche el sueño y el descanso paseando al nene para acallarlo.

—Es hermoso como el sol, señora Rogelia. Y tampoco hemos tenido mala suerte con el ama, me parece.

—Como no vuelva a las andadas...

—De eso me encargo yo. Sería una picardía, una deslealtad: se debe al niño. Pero, no, no; está desengañada del zanguango de su novio, un bausán de marca mayor a quien ya aborrece...

—No se fíe usted..., no se fíe usted...

—Y a quien voy a pagarle el pasaje a América. Y ella es una pobrecilla...

—Hasta que vuelva a tener ocasión...

—¡Digo que lo evitaré!

—Pues como ella quiera...

—¡Ah, en cuanto a eso sí! Porque si he de decirle a usted la verdad, la verdad es que...

—Sí, me la supongo.

—¡Pero, ante todo, respeto a mi hijo!

Emilia nada tenía de lerda y estaba deslumbrada con el rasgo heroicamente sencillo de aquel solterón semidurmiente. Encariñose desde un principio con el crío como si fuese su madre misma. El padre putativo y la nodriza natural pasábanse largos ratos, a sendos lados de la cuna, contemplando la sonrisa del sueño del niño cuando éste hacía como que mamaba.

—¡Lo que es el hombre! —decía don Rafael...

Y cruzábanse sus miradas. Y cuando teniéndole ella, Emilia, en brazos, iba él, don Rafael, a besar al niño, con el beso ya preparado en la boca rozaba casi la mejilla de la nodriza, cuyos rizos de ébano le afloraban la frente al padre. Otras veces quedábase contemplando alguno de los dos mellizos blancos senos, turgentes de vida que se da, con el serpenteo azul de las venas que del cuello bajaban, y sostenido entre los ahusados dedos índice y corazón como en horqueta. Doblábase sobre él un cuello de paloma. Y también entonces le entraban ganas de besar al hijo, y su frente, al tocar al seno, hacíalo temblotear.

—¡Ay, lo que siento es que pronto tendré que dejarte, sol mío! —exclamaba ella, apretándolo contra su seno y como si le entendiera.

Callábase a esto don Rafael.

Y cuando le cantaba al niño, brezándole, aquella vieja canturria paradisíaca que, aun transmitiéndosela de corazón a corazón las madres, cada una de éstas crea e inventa de nuevo, eternamente nueva poesía, siendo la misma siempre, la única, como el sol, traíale a don Rafael como un dejo de su niñez olvidada en las lontananzas del recuerdo. Balanceábase la cuna y con ella el corazón del padre al azar, y mejíasele aquel canto...

que viene el cocooooo...

con el susurro de las aguas de debajo de su corazón...

a llevarse a los niños...

que iba también durmiéndose...

que duermen pocooooo...

entre las blandas nieblas de su pasado...

¡ah, ah, ah, aaaaah!

«¡Qué buena madre hace!», pensaba.

Alguna vez, hablando del percance que la hizo nodriza, le preguntó don Rafael:

—Pero, chica, ¿cómo pudo ser eso?

—¡Ya ve usted, don Rafael! —y se le encendía leve, muy levemente el rostro.

—¡Sí, tienes razón, ya lo veo!

Y llegó una enfermedad terrible, días y noches de angustia. Mientras duró aquello hizo don Rafael que Emilia se acostase con el niño en su mismo cuarto. «Pero señorito —dijo ella—, cómo quiere usted que yo duerma allí...» «Pues muy sencillo —contestó él, con su sencillez acostumbrada—, ¡durmiendo!»

Porque para aquel hombre, todo sencillez, era sencillo todo.

Por fin, el médico dio por salvado al niño.

—¡Salvado! —exclamó don Rafael con el corazón desbordante, y fue a abrazar a Emilia, que lloraba del estupor del gozo.

—Sabes una cosa —le dijo sin soltar del todo el abrazo y mirando al niño que sonreía en floración de convalecencia.

—Usted dirá —contestó ella, mientras el corazón se le ponía al galope.

—Que puesto que estamos los dos libres y sin compromiso, pues no creo que pienses ya en aquel majadero que ni siquiera sabemos si llegó o no a Tucumán, y ya que somos yo padre y tu madre, cada uno a su respecto, del mismo hijo, nos casemos y asunto concluido.

—¡Pero, don Rafael! —y se puso de grana.

—Mira, chiquilla, así podremos tener más hijos...

El argumento era algo especioso, pero persuadió a Emilia. Y como vivían juntos y no era cosa de contenerse por unos días fugitivos —¡qué más da!— aquella misma noche le hicieron sucesor al niño y muy poco después se casaron como la Santa Madre Iglesia y el providente Estado mandan.

Y fueron en lo que en lo humano cabe —¡y no es poco!— felices, y tuvieron diez hijos más, una bendición de Dios, con lo cual pudo morir tranquilo *ab intestato,* por tener ya quienes forzosamente le heredaran, el sencillo don Rafael, que de cazador y tresillista pasó de dos brincos a padre de familia. Y es lo que él solía decir como resumen de su filosofía práctica: ¡hay que dar al azar lo suyo!

Ramón Nonnato, suicida

Cuando harto de llamar a la puerta de su cuarto entró, forzándola, el criado, encontrose a su amo lívido y frío en la cama, con un hilo de sangre que le destilaba de la sien derecha, y junto a él, aquel retrato de mujer que traía costantemente consigo, casi como un amuleto, y en cuya contemplación se pasaba tantas horas.

Y era que en la víspera de aquel día de otoño gris, a punto de ponerse el día, Ramón Nonnato se había pegado un tiro. Habíanle visto antes, por la tarde, pasearse solo, según tenía por costumbre, a la orilla del río, cerca de su desembocadura, contemplando cómo las aguas se llevaban al azar las hojas amarillas que desde los álamos marginales iban a caer para siempre, para nunca más volver, en ellas. «Porque las que en la primavera próxima, la que no veré, vuelvan con los pájaros nuevos a los árboles, serán otras», pensó Nonnato.

Al desparramarse la noticia del suicidio hubo una sola y compasiva exclamación: ¡Pobre Ramón Nonnato! Y no faltó quien añadiera: Le ha suicidado su difunto padre.

Pocos días antes de darse así la muerte había pagado Nonnato su última deuda con el producto de la venta de la última finca que le quedara de las muchas que de su padre heredó, y era la casa solariega de su madre. Antes fue a ella y se estuvo allí solo durante un día entero, llorando su desamparo y la falta de un recuerdo, con un viejo retrato de su madre entre las manos. Era el retrato que traía siempre consigo, sobre el pecho, imagen de una esperanza que para él había siempre sido recuerdo, siempre.

El pobre hombre había desbaratado la fortuna que su padre le dejara en locas especulaciones enderezadas a acrecentarla, en fantásticas combinaciones financieras y bursátiles, mientras vivía con una modestia rayana en la pobreza y ceñido de privaciones. Pues apenas si gastaba más que lo preciso para sustentarse con un discreto decoro, y fuera de esto en caridades y favores. Porque el pobre Nonnato, tan tacaño para consigo mismo, era en extremo liberal y pródigo para con los demás: sobre todo con las víctimas de su padre.

La razón de su conducta era que buscaba aumentar lo más posible su fortuna, hacerla enorme y emplearla luego en vasto objeto de servicio a la cultura pública, para redimirla así de su pecado de origen. No le parecía bastante haberla distribuido en pequeñas caridades y mucho menos haber tratado de cancelar los daños de su padre. No es posible recoger el agua derramada.

Llevaba siempre fijas en la mente las últimas palabras que al morir le dirigió su padre, y fueron así:

—Lo que siento, hijo mío, es que esta fortuna, tan trabajosamente fraguada y cimentada por mí, esta fortuna tan bien repartida, y que es, aunque tú no lo creas, una verdadera obra de arte, se va a deshacer en tus manos. Tú no has heredado mi espíritu, ni tienes amor al dinero, ni entiendes de negocio. Confieso haberme equivocado contigo.

«Afortunadamente», pensó Nonnato al oír estas últimas palabras de su padre. Porque, en efecto no había logrado éste infundirle su recio y sombrío amor al dinero, ni aquella su afición al negocio, que le hacía preferir la ganancia de tres con engaño legal a la de cuatro sin él.

Y eso que el pobre Nonnato había sido el abogado de los pleitos en que de continuo se metía aquel hombre terrible: un abogado gratuito, por supuesto. En su calidad de abogado de su padre, es como Nonnato tuvo que penetrar en los más recónditos recovecos del antro del usurero, tinieblas húmedas donde acabó de entristecérsele el alma, presa de una esclavitud irrescatable. Ni podía libertarse, pues, ¿cómo resistir la mirada cortante y fría de aquel hombre de presa?

Años tétricos los de la carrera del pobre Nonnato, de aquella carrera odiada que estudiaba obligado a ello por su padre. Cuando durante los veranos se iba de vacaciones a su pueblo costero, después de aquel tenebroso curso de estudios, pasado en una miserable casa de uno de los deudores de su padre, que así le sacaba más interés a su préstamo, íbase Nonnato solo a orillas del mar a consolarse de su soledad con la soledad del océano y a olvidar las tristezas de la tierra. El mar le había siempre llamado como una gran madre consoladora, y sentado a su orilla, sobre una roca ceñida de algas, contemplaba el retrato aquel de su pobre madre, fingiéndose que el canto brezador de las olas era el arrullo de cuna que no le había sido concedido oír en su infancia.

Él había querido hacerse marino para huir mejor de casa de su padre, para cultivar la soledad de su alma; pero su padre, que necesitaba un abogado gratuito, le obligó a estudiar leyes para torcerlas, renunciando al mar. De aquí lo tétrico de sus años de carrera.

Y ni aun tuvo en ellos el consuelo de refrescarse el alma a solas con el recuerdo de sus mocedades, porque éstas habíalas pasado como una sola noche de invierno en un desierto de hielo. Solo, siempre solo con aquel padre que apenas le hablaba como no fuese de sus feos negocios y que de cuando en cuando le decía: «Porque esto lo hago por ti, principalmente por ti, casi sólo por ti. Quiero que seas rico, muy rico, inmensamente rico y que puedas casarte con la hija del más rico de esos ricachos que nos desprecian». Mas el chico sentía que aquello era mentira, y que él no era sino un pretexto para que su padre se justificase ante sí mismo, en el foro de su conciencia, su usura y su avaricia. Y fue entonces, en aquella tétrica mocedad, cuando dio con el retrato de su madre y empezó a dedicarle culto. El padre, por su parte, jamás le habló de ella.

Y el pobre mozo, que oía a sus compañeros hablar de sus madres, trataba de figurarse cómo habría podido ser la suya. E interrogaba en vano a aquella antigua sirvienta, seca y dura, la confidente de su padre, la que le había tomado de brazos de su nodriza, a la que no había vuelto a ver. Nunca le oyó cantar a aquella mujer ceñuda y tercamente silenciosa. Y era ella la que se perdía en sus más remotos recuerdos de niñez.

¡Niñez! No la había tenido. Su niñez fue un solo día largo, un día gris y frío de unos cuantos años, porque todos sus días fueron iguales e iguales las horas todas de cada uno de sus días. Y la escuela no menos tétrica que su hogar. En ella le dirigían bromas feroces, como son las bromas infantiles, sobre las mañas de su padre. Y como le vieran una vez llorar al llamarle el hijo del usurero, redoblaron las burlas.

La nodriza lo había dejado en cuanto pudo porque no se le pagaba su servicio en rigor. Era el modo que tenía el usurero de cobrarse una deuda del marido de ella. Y así, en vez de pagarle sus mesadas por dar la leche de su pecho al pobrecito Nonnato, íbaselas descontando de lo que su marido le debía.

Habíanle sacado a Ramón Nonnato del cadáver tibio de su madre, que murió poco antes de cuando había de darle a luz, cuarenta y dos años antes del día aquel en que se suicidó. Y es, pues, que había nacido con el suicidio en el alma.

¡La pobre madre! ¡Cuántas veces en sus últimos días de vida se ilusionaba con que el hijo tan esperado habría de ser un rayo de sol en aquel hogar tenebroso y frío y habría de cambiar el alma de aquel hombre terrible! «¡Y por lo menos –pensaba– no estaré ya sola en el mundo, y cantando a mi niño no oiré el rechinar del dinero en ese cuarto de los secretos! ¡Y quién sabe..., acaso cambie!»

Y soñaba con llevarle en los días claros a la orilla del mar a darle allí el pecho frente al pecho palpitante de la nodriza de la tierra, uniendo su canto al eterno canto de cuna que tantos dolores del trabajado linaje humano adormeciera.

¿Cómo se encontró casada con aquel hombre? Ni ella lo sabía. Cosa de su familia, de su padre, que tenía negocios oscuros con el que fue luego su marido. Sospechaba algo pavoroso, pero en que no quería entrar. Recordaba que un día, después de varios en que su madre tuvo de continuo enrojecidos los ojos por el llanto, la llamó su padre al cuarto de las solemnidades, y le dijo:

—Mira, hija mía, mi salvación, la salvación de la familia toda depende de ti. Sin un sacrificio tuyo, no sólo la ruina completa, sino además la deshonra.

—Mándeme, padre —respondió ella.

—Es menester que te cases con Atanasio, mi socio.

La pobre, temblando de los talones a la nuca, se calló, y su padre, tomando su silencio por un otorgamiento, añadió:

—Gracias, hija, gracias; no esperaba yo otra cosa de ti. Sí, este sacrificio...

—¿Sacrificio? —dijo ella por decir algo.

—¡Oh, sí, hija mía, no le conoces, no le conoces como yo...!

Cruce de caminos

Entre dos filas de árboles la carretera piérdese en el cielo; sestea un pueblecillo junto a un charco, en que el sol cabrillea, y una alondra, señera, trepidando en el azul sereno, dice la vida mientras todo calla. El caminante va por donde dicen las sombras de los álamos; a trechos para y mira, y sigue luego.

Deja que oree el viento su cabeza blanca de penas y años, y anega sus recuerdos dolorosos en la paz que le envuelve.

De pronto, el corazón le da rebato y se detiene temblando cual si fuese ante el misterio final de su existencia. A sus pies, sobre el suelo, al pie de un álamo y al borde del camino, una niña dormía un sueño sosegado y dulce. Lloró un momento el caminante, luego se arrodilló, después sentose, y, sin quitar sus ojos de los ojos cerrados de la niña, le veló el sueño. Y él soñaba entretanto.

Soñaba en otra niña como aquélla, que fue su raíz de vida, y que al morir una mañana dulce de primavera le dejó solo en el hogar, lanzándole a errar por los caminos, desarraigado.

De pronto abrió los ojos hacia el cielo la que dormía, los volvió al caminante, y cual quien habla con un viejo conocido, le preguntó: «¿Y mi abuelo?». Y el caminante respondió: «¿Y mi nieta?». Miráronse a los ojos, y la niña le contó que, al morírsele su abuelo, con quien vivía sola –en soledad de compañía solos–, partió al azar de casa, buscando... no sabía qué..., más soledad acaso.

–Iremos juntos; tú a buscar a tu abuelo; yo, a mi nieta –le dijo el caminante.

–¡Es que mi abuelo se murió! –la niña.

–Volverán a la vida y al camino –contestó el viejo.

–Entonces... ¿vamos?

–¡Vamos, sí, hacia adelante, hacia levante!

–No, que así llegaremos a mi pueblo y no quiero volver, que allí estoy sola. Allí sé el sitio en que mi abuelo duerme. Es mejor al poniente; todo derecho.

–¿El camino que traje? –exclamó el viejo–. ¿Volverme, dices? ¿Desandar lo andado? ¿Volver a mis recuerdos? ¿Cara al ocaso? ¡No, eso nunca! ¡No, eso sí que no, antes morirnos!

–¡Pues entonces..., por aquí, entre las flores, por los prados, por donde no hay camino!

Dejando así la carretera fueron campo traviesa, entre floridos campos –magarzas, clavelinas, amapolas–, a donde Dios quisiera.

Y ella, mientras chupaba un chupamieles con sus labios de rosa, le iba contando de su abuelo cómo en las largas veladas invernizas le hablaba de otros mundos, del Paraíso, de aquel diluvio, de Noé, de Cristo...

—¿Y cómo era tu abuelo?
—Casi era como tú, algo más alto...; pero no mucho, no te creas..., viejo..., y sabía canciones.

Calláronse los dos, siguió un silencio y lo rompió el anciano dando a la brisa que iba entre las flores este cantar:

> *Los caminos de la vida*
> *van del ayer al mañana,*
> *mas los del cielo, mi vida,*
> *van al ayer del mañana.*

Y al oírle, la niña dio a los cielos, como una alondra, esta fresca canción de primavera:

> *Pajarcito, pajarcito,*
> *¿de dónde vienes?*
> *El tu nido, pajarcito,*
> *¿ya no le tienes?*
>   *Si estás solo, pajarcito,*
> *¿cómo es que cantas?*
> *¿A quién buscas, pajarcito,*
> *cuando te levantas?*

—Así era como tú, algo más chica –dijo llorando el viejo–; así era como tú..., como estas flores...
—¡Cuéntame de ella, pues, cuéntame de ella!

Y empezó el viejo a repasar su vida, a rezar sus recuerdos, y la niña a su vez a ensimismárselos, a hacerlos propios.

«Otra vez...», empezaba él, y ella, cortándole, decía: «¡Lo recuerdo!».

—¿Que lo recuerdas, niña?

—Sí, sí; todo eso me parece cual si fuera algo que me pasó, como si hubiese vivido yo otra vida.

—¡Tal vez! –dijo el anciano, pensativo.

—Allí hay un pueblo, ¡mira!

Y el caminante vio tras una loma humo de hogares. Luego, al llegar a su espinazo, al fondo, un pueblecillo agazapado en rolde de una pobre espadaña, cuyos dos huecos con sus dos chilejas, cual dos pupilas, parecían mirar al infinito. En el ejido, un zagalejo rubio cuidaba de unos bueyes que bebían en una charca, que, cual si fuese un desgarrón de tierra, mostraba el cielo soterraño, y en éste otros dos bueyes –dos bueyes celestiales–, que venían a contemplar sus sombras pasajeras o darles nueva vida acaso.

—Zagal, ¿aquí hay donde hacer noche, dime? –preguntó el viejo.

—¡Ni a posta! –dijo el mozo–. Esa casa de ahí está vacía; sus dueños emigraron, y hoy sirve nada más que de guarida para alimañas. Pan, vino y fuego aquí nunca se niega al que viene de paso en busca de su vida.

—¡Dios os lo pagará, zagal, en la otra!

Durmiéronse arrimados y soñaron, el viejo, en el abuelo de la niña, y ella, en la nietecita que perdiera el pobre caminante. Al despertar miráronse a los ojos, y como en una charca sosegada que nos descubre el cielo soterraño, vieron allí, en el fondo, sus sendos sueños.

—Puesto que hay que vivir, si nos quedáramos en esta casa... ¡La pobre está tan sola! –dijo el viejo.

—Sí, sí; la pobre casa... ¡Mira, abuelo, que el pueblo es tan bonito! Ayer, el campanario de la iglesia nos miraba muy fijo, como yendo a decir...

En este punto sonaron las chilejas. «Padre nuestro que estás en los cielos...» Y la niña siguió: «¡Hágase tu voluntad así en la tierra como en el cielo!». Rezaron a una voz. Y salieron de casa, y les dijeron: «Vosotros, ¿qué sabéis hacer?, ¡veamos!».

El viejo hacía cestas, componía mil cosas estropeadas; sus manos eran ágiles; industrioso su ingenio.

Sentábanse al arrimo de la lumbre: la niña hacía el fuego, y cuidando de la olla le ayudaba. Y hablaban de los suyos, de la otra vida y de aquel otro abuelo. Y era cual si las almas de los otros, también desarraigadas, errantes por las sendas de los cielos, bajasen al arrimo de la lumbre del nuevo hogar. Y les miraban silenciosas, y eran cuatro, y no dos. O más bien eran dos, más dos parejas. Y así vivían doble vida: la una, vida del cielo, vida de recuerdos, y la otra, de esperanzas de la tierra.

Íbanse por las tardes a la loma, y de espaldas al pueblo veían sobre el cielo destacarse, allá en las lejanías, unos álamos que dicen el camino de la vida. Volvíanse cantando.

Y así pasaba el tiempo hasta que un día –unos años más tarde– oyó otro canto junto a casa el viejo.

—Dime, ¿quién canta esa canción, María?

—Acaso el ruiseñor de la alameda...

—¡No, que es cantar de mozo!

Ella bajó los ojos.

—Ese canto, María, es un reclamo. Te llama a ti al camino y a mí a morir. ¡Dios os bendiga, niña!

—¡Abuelito! ¡Abuelito! –y le abrazaba, cubríale de besos, le miraba a los ojos cual buscándose.

—¡No, no, que aquélla se murió, María! ¡También yo muero!

–No quiero, abuelo, que te mueras; vivirás con nosotros...

–¿Con vosotros me dices? ¿Tu abuelo? Tu abuelo, niña, se murió. ¡Soy otro!

–¡No, no; tú eres mi abuelo! ¿No te acuerdas cuando yo, al despertar sola y contarte cómo escapé de casa, me dijiste: Volverán a la vida y al camino? ¡Y volvieron!

–Volvieron al camino, sí, hija mía, y a él nos llama esa canción del mozo. ¡Tú con él, mi María, yo... con ella!

–¡Con ella, no! ¡Conmigo!

–¡Sí, contigo! Pero... ¡con la otra!

–¡Ay, mi abuelo, mi abuelo!

–¡Allí te aguardo! ¡Dios os bendiga, pues por ti he vivido!

Muriose aquella tarde el pobre anciano, el caminante que alargó sus días; la niña, con los dedos que cogían flores del campo –magarzas, clavelinas, amapolas– le cerró ambos los ojos, guardadores de ensueño de otro mundo; besole en ellos, lloró, rezó, soñó, hasta que oyendo la canción del camino se fue a quien le llamaba.

Y el viejo fue a la tierra: a beber bajo de ella sus recuerdos.

El amor que asalta

¿Qué es eso del Amor, de que están siempre hablando tantos hombres y que es el tema casi único de los cantos de los poetas? Es lo que se preguntaba Anastasio. Porque él nunca sintió nada que se pareciese a lo que llaman Amor los enamorados. ¿Sería una mera ficción, o acaso un embuste convencional con que las almas débiles tratan de defenderse de la vaciedad de la vida, del inevitable aburrimiento? Porque eso sí, para vacuo y aburrido, y absurdo y sin sentido, no había, en sentir de Anastasio, nada como la vida humana.

Arrastraba el pobre Anastasio una existencia lamentable, sin estímulo ni objetivo para el vivir, y cien veces se habría suicidado si no aguardase, con una oscura esperanza a prueba de un continuo desengaño, que también a él le llegase alguna vez a visitar el Amor. Y viajaba, viajaba en su busca, por si cuando menos lo pensase le acometía de pronto en una encrucijada del camino.

Ni sentía codicia de dinero, disponiendo de una modesta pero para él más que suficiente fortuna, ni sentía ambición de gloria o de honores, ni anhelo de mando y poderío. Ninguno de los móviles que llevan a los hombres al esfuerzo le parecía digno de esforzarse por él, y no encontraba tampoco el más leve consuelo a su tedio mortal ni en la ciencia, ni en el arte, ni en la acción pública. Y leía el Eclesiastés mientras esperaba la última experiencia, la del Amor.

Habíase dado a leer a todos los grandes poetas eróticos, a los analistas del amor entre hombre y mujer, las novelas todas amatorias, y descendió hasta esas obras lamentables que se escriben para los que aún no son hombres del todo y para los que dejaron en cierto modo de serlo: se rebajó hasta escarbar en la literatura pornográfica. Y es claro, aquí encontró menos aún que en otras partes huella alguna del Amor.

Y no es que Anastasio no fuese hombre hecho y derecho; cabal y entero, y que no tuviese carne pecadora sobre los huesos. Sí, hombre era como los demás, pero no había sentido el amor. Porque no cabía que fuese amor la pasajera excitación de la carne que olvida la imagen provocadora. Hacer de aquello el terrible dios vengador, el consuelo de la vida, el dueño de las almas, parecíale un sacrilegio, tal como si se pretendiese endiosar al apetito de comer. Un poema sobre la digestión es una blasfemia.

No, el Amor no existía en el mundo para el pobre Anastasio. Leyó y releyó la leyenda de *Tristán e Iseo,* y le hizo meditar aquella terrible novela del portugués Camilo Castello Branco: *A mulher fatal.* «¿Me sucederá así? –pensaba–. ¿Me arrastrará tras de sí, cuando menos lo espere y crea, la mujer fatal?» Y viajaba, viajaba en busca de la fatalidad ésta.

«Llegará un día —se decía— en que acabe de perder esta vaga sombra de esperanza de encontrarlo, y cuando vaya a entrar en la vejez, sin haber conocido ni mocedad ni edad viril, cuando me diga: ¡ni he vivido ni puedo ya vivir!, ¿qué haré? Es un terrible sino que me persigue, o es que todos los demás se han conchabado para mentir.» Y dio en pesimista.

Ni jamás mujer alguna le inspiró amor, ni creía haberlo él inspirado. Y encontraba mucho más pavoroso que no poder ser amado el no poder amar, si es que el amor era lo que los poetas cantan. ¿Pero sabía él, Anastasio, si no había provocado pasión escondida alguna en pecho de mujer? ¿No puede acaso encender amor una hermosa estatua? Porque él era, como estatua, realmente hermoso. Sus ojos negros, llenos de un fuego de misterio, parecían mirar desde el fondo tenebroso de un tedio henchido de ansias; su boca se entreabría como por una sed trágica; en todo él palpitaba un destino terrible.

Y viajaba, viajaba desesperado, huyendo de todas partes, dejando caer su mirada en las maravillas del arte y de la naturaleza, y diciéndose: ¿Para qué todo esto?

Era una tarde serena del tranquilo otoño. Las hojas, amarillas ya, se desprendían de los árboles e iban envueltas en la brisa tibia a restregarse contra la yerba del campo. El sol se embozaba en un cendal de nubes que se desflecaban y deshacían en jirones. Anastasio miraba desde la ventanilla del vagón cómo iban desfilando las colinas. Bajó en la estación de Aliseda, donde daban a los viajeros tiempo para comer, y fuese al comedor de la fonda, lleno de maletas.

Sentose distraídamente y esperó le trajesen la sopa. Mas al levantar los ojos y recorrer con ellos distraídamente la fila de los comensales, tropezaron con los de una mujer. En aquel momento metía ella un pedazo de manzana en su boca, grande, fresca y húmeda. Claváronse uno a otro las miradas y palidecieron. Y al verse palidecer palidecieron más aún. Palpitábanles los pechos. La carne le pesaba a Anastasio; un cosquilleo frío le desasosegaba.

Ella apoyó la cara en la diestra y pareció que le daba un vahído. Anastasio entonces, sin ver en el recinto nada más que a ella, mientras el resto del comedor se esfumaba, se levantó tembloroso, se le acercó y con voz seca, sedienta, ahogada y temblona le cuchicheó casi al oído:

—¿Qué le pasa? ¿Se pone mala?

—¡Oh, nada, nada; no es nada..., gracias...!

—A ver... —añadió él, y con la mano temblorosa le cogió del puño para tomarle el pulso.

Fue entonces una corriente de fuego que pasó del uno al otro. Sentíanse mutuamente los calores; las mejillas se les encendieron.

—Está usted febril... —susurró él balbuciente y con voz apenas perceptible.

—¡La fiebre es... tuya! —respondió ella, con voz que parecía venir de otro mundo, de más allá de la muerte.

Anastasio tuvo que sentarse; las rodillas se le doblaban al peso del corazón, que le tocaba a rebato.

—Es una imprudencia ponerse así en camino —dijo él, hablando como por máquina.

—Sí, me quedaré –contestó ella.

—Nos quedaremos –añadió él.

—Sí, nos quedaremos... ¡Y ya te contaré; te lo contaré todo! –agregó la mujer.

Recogieron sus maletas, tomaron un coche y emprendieron la marcha al pueblo de Aliseda, que dista cinco kilómetros de su estación. Y en el coche, sentados el uno frente al otro, tocándose las rodillas, mejiendo sus miradas, le cogió la mujer a Anastasio las manos con sus manos y fue contándole su historia. La historia misma de Anastasio, exactamente la misma. También ella viajaba en busca del Amor; también ella sospechaba que no fuese todo ello sino un enorme embuste convencional para engañar el tedio de la vida.

Confesáronse uno a otro, y según se confesaban iban sus corazones aquietándose. A la trágica turbación de un principio sucedió en sus almas un reposo terrible, algo como un deshacimiento. Imaginábanse haberse conocido de siempre, desde antes de nacer; pero a la vez todo el pasado se borraba de sus memorias, y vivían como un presente eterno, fuera del tiempo.

—¡Oh, que no te hubiese conocido antes, Eleuteria! –le decía él.

—¿Y para qué, Anastasio? –respondía ella–. Es mejor así, que no nos hayamos visto antes.

—¿Y el tiempo perdido?

—¿Perdido le llamas a ese tiempo que empleamos en buscarnos, en anhelarnos, en desearnos el uno al otro?

—Yo había desesperado ya de encontrarte...

—No, pues si hubieses desesperado de ello te habrías quitado la vida.

—Es verdad.

—Y yo habría hecho lo mismo.

—Pero ahora, Eleuteria, de hoy en adelante...

—¡No hables del porvenir, Anastasio, bástenos el presente!

Los dos callaron. Por debajo del arrobamiento que les embargaba sonaba extraño rumor de aguas de abismo sin fondo. No era alegría, no era gozo lo que sobrenadaba en la seriedad trágica que les envolvía.

—No pensemos en el porvenir –reanudó ella– ni en el pasado tampoco. Olvidémonos de uno y de otro. Nos hemos encontrado, hemos encontrado al Amor y basta. Y ahora, Anastasio, ¿qué me dices de los poetas?

—Que mienten, Eleuteria, que mienten; pero muy de otro modo que lo creía yo antes. Mienten, sí; el amor no es lo que ellos cantan...

—Tienes razón, Anastasio, ahora siento que el Amor no se canta.

Y siguió otro silencio, un silencio largo, en que, cogidos de las manos, estuvieron mirándose a los ojos y como buscándose en el fondo de ellos el secreto de sus destinos. Y luego empezaron a temblar.

—¿Tiemblas, Anastasio?

—¿Y también tú, Eleuteria?

—Sí, temblamos los dos.

—¿De qué?

—De felicidad.

—Es cosa terrible esta felicidad; no sé si podré resistirla.

—Mejor, porque eso querrá decir que es más fuerte que nosotros.

Encerráronse en un sórdido cuarto de una vulgarísima fonda. Pasó todo el día siguiente y parte del otro sin que dieran señal alguna de vida, hasta que, alarmado el fondista y sin obtener respuesta a sus llamadas, forzó la puerta. Encontráronles en el lecho, juntos, desnudos, y fríos y blancos como la nieve. El perito médico aseguró que no se trataba de suicidio, como así era en efecto, y que debían de haberse muerto del corazón.

–¿Pero los dos? –exclamó el fondista.

–¡Los dos! –contestó el médico.

–¡Entonces eso es contagioso...! –y se llevó la mano al lado izquierdo del pecho, donde suponía tener su corazón de fondista. Intentó ocultar el suceso, para no desacreditar su establecimiento, y acordó fumigar el cuarto, por si acaso.

No pudieron ser identificados los cadáveres. Desde allí los llevaron al cementerio, y desnudos y juntos, como fueron hallados, echáronlos en una misma huesa y encima tierra. Sobre esta tierra ha crecido yerba y sobre la yerba llueve. Y es así el cielo, el que les llevó a la muerte, el único que sobre su tumba llora.

El fondista de Aliseda, reflexionando sobre aquel suceso increíble –nadie tiene más imaginación que la realidad, se decía–, llegó a una profunda conclusión de carácter médico legal, y es que se dijo: «¡Estas lunas de miel...! No se debía permitir que los cardíacos se casasen entre sí».

Solitaña

> *Soli, solitaña*
> *Vete a la montaña,*
> *Dile al pastor*
> *Que traiga buen sol,*
> *Para hoy y pa mañana*
> *Y pa toda la semana.*

(Canto infantil bilbaíno)

Érase en Artecalle, en Tendería o en otra cualquiera de las siete calles, una tiendecita para aldeanos, a cuya puerta paraban muchas veces las zamudianas con sus burros. El cuchitril daba a la angosta portalada y costreñía el acceso a la casa un banquillo lleno de piezas de tela, paños rojos, azules, verdes, pardos y de mil colores para sayas y refajos; colgaban sobre la achatada y contrahecha puerta pantalones, blusas azules, elásticos de punto abigarrados de azul y rojo, fajas de vivísima púrpura pendientes de sus dos extremos, boinas y otros géneros, mecidos todos los colgajos por el viento Noroeste que se filtraba por la calle como por un tubo y formando a la entrada como un arco que ahogaba a la puertecilla. Las aldeanas paraban en medio de la calle, hablaban, se acercaban, tocaban y retocaban los géneros, hablaban otra vez, iban, se volvían, entraban y pedían, regateaban, se iban, volvían a regatear y al cabo se quedaban con el género. El mostrador, reluciente con el brillo triste que da el roce, estaba atestado de piezas de tela: sobre él unas compuertas pendientes que se levantaban para sujetarlas al techo con unos ganchos y servían para cerrar la tienda y limitar el horizonte. Por dentro de la boca abierta de aquel caleidoscopio, olor a lienzo y humedad por todas partes y en todos los rincones, piezas, prendas de vestido, tela de tierra para camisas de penitencia, montones de boinas, todo en desorden agradable, en el suelo, sobre bancos y en estantes, y junto a una ventana que recibía la luz opaca y triste del cantón, una mesilla con su tintero y los libros de don Roque.

Era una tienda de género para la aldeanería. Los sentidos frescos del hombre del pueblo gustan los choques vivos de colorines chillones, buscan las alegres sinfonías del rojo con el verde y el azul, y las carotas rojas de las mozas aldeanas parecen arder sobre el pañuelo de grandes y abigarrados dibujos. En aquella tienda se les ofrecía todo el género a la vista y al tacto, que es lo que quiere el hombre que come con ojos, manos y boca. Nunca se ha visto género más alegre, más chillón y más frescamente cálido, en tienda más triste, más callada y más tibiamente fría.

Junto a esta tienda, a un lado, una zapatería con todo el género en filas, a la vista del transeúnte; al otro lado, una confitería oliendo a cera.

Asomaba la cabeza por aquella cáscara cubierta de flores de trapo el caracol humano, húmedo, escondido y silencioso, que arrastra su casita, paso a paso, con marcha imperceptible, dejando en el camino un rastro viscoso que brilla un momento y luego se borra.

Don Roque de Aguirregoicoa y Aguirrebecua, por mal nombre *Solitaña,* era de por ahí, de una de esas aldeas de *chorierricos* o cosa parecida, si es que no era de hacia la parte de Arrigorriaga. No hay memoria de cuándo vino a recalar en Bilbao, ni de cuándo había sido larva joven, si es que lo fue en algún tiempo, ni sabía a punto cierto cómo se casó ni por qué se casó, aunque sabía cuándo, pues desde entonces empezaba su vida. Se deduce *a priori* que le trajo de la aldea algún tío para dedicarle a la tienda. Nariz larga, gruesa y firme; el labio inferior saliente; ojos apagados a la sombra de grandes cejas; afeitado cuidadosamente; más tarde calvo; manos grandes y pies mayores. Al andar se balanceaba un poco.

Su mujer, Rufina de Bengoechebarri y Goicoechezarra, era también de por ahí, pero aclimatada en Artecalle: una ardilla, una cotorra y lista como un demonio. Domesticó a su marido, a quien quería por lo bueno. ¡Era tan infeliz *Solitaña!* Un bendito de Dios, un ángel, manso como un cordero, perseverante como un perro, paciente como un borrico.

El agua que fecunda a un terreno esteriliza a otro, y el viento húmedo que se filtraba por la calle oscura hizo fermentar y vigorizarse al espíritu de doña Rufina, mientras aplanó y enmoheció al de don Roque.

La casa en que estaba plantado don Roque era viejísima y con balcones de madera; tenía la cara más cómicamente trágica que puede darse: sonreía con la alegre puerta y lloraba con sus ventanas tristes. Era tan húmeda que salía moho en las paredes.

Solitaña subía todos los días la escalera estrecha y oscura, de ennegrecidas barandillas, envuelta en efluvios de humedad picante, y la subía a oscuras sin tropezarse ni equivocar un tramo, donde otro se hubiera roto la crisma, y mientras la subía lento e impasible temblaba de amor la escalera bajo sus pies y le abrazaba entre sus sombras.

Para él eran todos los días iguales e iguales todas las horas del día; se levantaba a las seis, a las siete bajaba a la tienda, a la una comía, cenaba a eso de las nueve y a eso de las once se acostaba, se volvía de espaldas a su mujer, y, recogiéndose como el caracol, se disipaba en el sueño.

En las grandes profundidades del mar viven felices las esponjas.

Todos los días rezaba el rosario, repetía las avemarías como la cigarra y el mar repiten a todas horas el mismo himno. Sentía un voluptuoso cosquilleo al llegar a los *orá por nobis* de la letanía; siempre, al *agnus*, tenían que advertirle que los *orá por nobis* habían dado fin; seguía con ellos por fuerza de inercia, si algún día por extraordinario caso no había rosario, dormía mal y con pesadillas. Los domingos lo rezaba en Santiago, y era para *Solitaña* goce singular el oír medio amodorrado por la oscuridad del templo que otras voces gangosas repetían con él, a coro, *orá por nobis, orá por nobis*.

Los domingos, a la mañana, abría la tienda hasta las doce, y a la tarde, si no había función de iglesia y el tiempo estaba bueno, daban una vuelta por Begoña, donde rezaban una salve y admiraban siempre las mismas cosas, siempre nuevas para aquel bendito de Dios. Volvía repitiendo ¡qué hermosos aires se respiran desde allí!

Subían las escaleras de Begoña, y un ciego, con tono lacrimoso y solemne:

—Considere, noble caballero, la triste oscuridad en que me veo... La Virgen Santísima de Begoña os acompañe, noble caballero...

Solitaña sacaba dos cuartos y le pedía tres ochavos de vuelta. Más adelante:

—Cuando comparezcamos ante el tribunal supremo de la gloria...

Solitaña le daba un ochavo. Luego una mujercilla viva:

—Una limosna, piadoso caballero...

Otro ochavo. Más allá, un viejo de larga barba blanca, gafas azules, acurrucado en un rincón con un perro y con la mano extendida. Otro más adelante, enseñando una pierna delgada, negra, untosa y torcida, donde posaban las moscas. Dos ochavos más. Un joven cojo pedía en vascuence, y a éste *Solitaña* le daba un cuarto. Aquellos acentos sacudían en el alma de don Roque su fondo yacente y sentía en ella olor a campo, verde como sus paños para sayas, brisas de aldea, vaho de humo del caserío, gusto a borona. Era una evocación que le hacía oír en el fondo de sí mismo, y como salidos de un fonógrafo, cantos de mozas, chirridos de carros, mugidos de buey, cacareos de gallina, piar de pájaros, algo que reposaba formando légamo en el fondo del caracol humano, como polvo amasado con la humedad de la calle y de la casa.

Solitaña y el mostrador de la tienda se entendían y se querían. Apoyando sus brazos cruzados sobre él, contemplaba a los chiquillos que jugaban en el regatón para desagüe, chapuzando los pies en el arroyuelo sucio. De cuando en cuando, el *chinel*, adelantando alternativamente las piernas, cruzaba el campo visual del hombre del mostrador, que le veía sin mirarle y sacudía la cabeza para espantar alguna mosca.

Fue en cierta ocasión como padrino a la boda de una sobrina; «a refrescar un poco la cabeza –decía su mujer–, a estirar el cuerpo, siempre metido aquí como un oso. Yo ya le digo: Roque, vete a dar un paseo, toma el sol, hombre, toma el sol, y él, nada». A los tres días volvió diciendo que se aburría fuera de su tienda; él lo que quería es encogerse y no estirarse; los estirones le causaban dolor de cabeza y hacían que circulara por todas sus venas la humedad y la sombra que reposaban en el fondo de su alma angelical: eran como los movimientos para el reumático. «*Mamarro*, más que *mamarro* –le decía doña Rufina–, pareces un topo.» *Solitaña* sonreía. Otro de sus goces, además del de medir telas y los *orá por nobis*, era oír a su mujer que le reñía. ¡Qué buena era Rufina!

Venía alguna mujer a comprar.

—Vamos, ya me dará usted a dieciocho.

—No puede ser, señora.

—Siempre dicen ustedes lo mismo, ¡es usted más carero...! Lo menos la mitad gana usted. Nada, ¡a dieciocho, a dieciocho...!

—No puede ser, señora.

—¡Vaya!, me lo llevo... ¡Tome usted...!

—Señora, no puede ser...

—¡Bueno!, lo será..., siquiera a dieciocho y medio; vaya, me lo llevo...

—No puede ser, señora.

—Pues bien; ni usted ni yo: a diecinueve.

—No puede ser...

Vencida al fin por el eterno martilleo del hombre húmedo, o se iba o pagaba los veinte. Así es que preferían entenderse con ella, que aunque tampoco cedía, daba razones, discutía, ponderaba el género, en fin, hablaba. Pero para los aldeanos no había como él, paciencia vence a paciencia.

La tienda de *Solitaña* era afortunada. Hay algo de imponente en la sencilla impasibilidad del bendito de Dios; los hombres exclusivamente buenos atraen.

Cuando llegaba alguno de su pueblo y le hablaba de su aldea natal, se acordaba del viejo caserío, de la borona, del humo que llenaba la cocina cuando dormitando con las manos en los bolsillos calentaba sus pies junto al hogar, donde chillaban las castañas, viendo balancearse la negra caldera pendiente de la cadena negra. Al evocar recuerdos de su niñez sentía la vaga nostalgia que experimenta el que salió niño de su patria y vive feliz y aclimatado en tierra extraña.

Eran grandes días de regocijo cuando él, su mujer y algunos amigos iban a merendar al campo o a hacer alguna fresada. Se volvían al anochecer tranquilamente a casa, sintiendo circular dentro del alma todo el aire de vida y todo el calor del sol. Una vez fueron en tartana a Las Arenas, nunca había visto aquello *Solitaña*. ¡Oh!, los barcos, ¡cuánto barco!, y luego el mar, ¡el mar con olas! A *Solitaña* le gustaba el monótono resuello de la respiración del monstruo, ¡qué hermoso acompañamiento para la letanía! Al día siguiente, viendo correr el agua sucia por el canalón de la calle, se acordaba del mar; pero allí, en su tienda, se palpaba a sí mismo.

Por Navidad se reunían varios parientes; después de la cena había bailoteo, y era de ver a *Solitaña* agitando sus piernas torpes y zapateando con sus pies descomunales. ¡Qué risas! Bebía algo más que de costumbre y luego le llamaba hermosa y salada a su mujer.

Bajo el mismo cielo, lluvioso siempre, *Solitaña* era siempre el mismo; tenía en la mirada el reflejo del suelo mojado por la lluvia; su espíritu había echado raíces en la tienda, como una cebolla en cualquier sitio húmedo. En el cuerpo padecía de reúma, cuyos dolores le aliviaba el opio de las conversaciones de sus contertulios.

Iban a la noche de tertulia un viejo siempre tan guapo, *bizcor, bizcor,* según él decía, alegre y dicharachero, que contaba siempre escenas de caza y de limonada; otro que cada ocho días narraba los fusilamientos que hizo Zurbano cuando entró en Bilbao el año 41, y algunas veces un cura muy campechano. Siempre se hablaba de estos tiempos de impiedad y liberalismo; se contaban hazañas de la otra guerra y se murmuraba si saldrían o no otra vez al monte los montaraces. *Solitaña*, aunque carlista, era de temperamento pacífico, como si dijéramos, ojalatero.

Sin dejar de atender a la conversación, de interesarse en su curso, pensando siempre en lo último que había dicho el que había hablado el último, se dirigía a los rincones de la tienda, servía lo que le pedían, medía, recibía el dinero, lo contaba, daba la vuelta y se volvía a su puesto. En invierno había brasero y por nada del mundo dejaría *Solitaña* la badila, que manejaba tan bien como la vara y con la cual revolvía el fuego mientras los demás charlaban, y luego, tendiendo los pies con deleite, dormitaba muchas veces al arrullo de la charla.

Su mujer llevaba la batuta, la emprendía contra los negros, lamentaba la situación del Papa, preso en Roma por culpa de los liberales, ¡duro con ellos! Ella era carlista porque sus padres lo habían sido, porque fue carlista la leche que mamó, porque era carlista su calle, lo era la sombra del cantón contiguo y el aire húmedo que respiraban, y el carlismo, apegado a los glóbulos de su sangre, rodaba por sus venas.

El viejo, siempre tan guapo, se reía de esas cosas; tan alegres eran blancos como negros, y en una limonada nadie se acuerda de colores; por lo demás, él bien sabía que sin religión y palo no hay cosa derecha.

Hablaban de una limonada:

—¡Qué limonada! —decía el que vio los fusilamientos de Zurbano—, ¡pedazos de hielo como puños navegaban allí!...

—Tendríais sarbitos —interrumpió el viejo, siempre tan guapo—; en la limonada hasen falta sarbitos... Sin sarbitos, limonada *fachuda;* es como tambolín sin *chistu.* Cuando están aquellos cachitos helaos que hasen mal en los dientes, entonses...

—Unas tajaditas de lengua no vienen mal...

—Sí, lengua tamién; pero sobre todo sarbitos, que no falten los sarbitos...

Solitaña se sonreía, arreglando el fuego con la badila.

—A mí ya me gusta tamién un poco merlusita en salsa... —volvió el otro.

—¿Con la limonada? Cállate, hombre, no digas *sinsorgadas...* Tú estás tocao... ¿Merlusa en salsa con la limonada? A ti sólo se te ocurre...

—Tú dirás lo que quieras; pero pa mí no hay como la merlusa..., la de Bermeo se entiende, nada de merlusa de Laredo, cada cosa de su paraje: sardinas de Santurse, angulitas de la isla y merlusa de Bermeo...

—No haga usted caso a eso –dijo el cura–; yo he comido en Bermeo unas sardinas que *talmente* chorreaban manteca: sin querer se les caía el pellejo... Y estando en Deva, unas angulitas de Aguinaga, que ¡vamos!...

—Bueno, hombre, pues, ¿qué digo yo?, cada cosa en su sitio y a su tiempo; luego los caracoles, después el besugo..., hisimos una caracolada poco antes de entrar Zurbano el año...

—Ya te he dicho muchas veses –le interrumpió el viejo siempre tan guapo–, que tú no sabes ni coger ni arreglar los caracoles, y sobre todo, te vuelvo a desir, y no le des más vueltas, que con la limonada sarbitos, y al que te diga merlusa en salsa le dises que es un arlote barragarri... Si me vendrás a desir a mí...

—Y si a mí me gusta en la limonada merlusa en salsa...

—Entonses no sabes comer como Dios manda.

—¿Que no sé?

—Bueno, bueno –interrumpió el cura para cortar la cuestión–, ¿a que no saben ustedes una cosa curiosa?

—¿Qué cosa?

—Que los ingleses nunca comen sesos.

—Ya se conoce; por eso están coloraos –dijo el viejo guapo–, porque en cambio te sampan cada chuleta cruda y te pescan cada sapalora...

—Esos herejes... –empezó doña Rufina.

Y venía rodando la conversación a los liberales.

Cuando los contertulios se marchaban, cerraban la tienda doña Rufina y su marido; contaban el dinero cuidadosamente, sacando sus cuentas; luego, con una vela encendida, registraban todos los rincones de la tienda; miraban tras de las piezas, bajo el mostrador y los banquillos; echaban la llave y se iban a dormir. *Solitaña* no acostumbraba a soñar; su alma se hundía en el inmenso seno de la inconciencia, arrullada por la lluvia menuda o el violento granizo que sacudía los vidrios de la ventana.

Al día siguiente se levantaba como se había levantado el anterior, con más regularidad que el sol, que adelanta y atrasa sus salidas, y bajaba a la tienda en invierno entre las sombras del crepúsculo matutino.

En Jueves Santo parecía revivir un poco el bendito caracol; se calaba levita negra, guantes también negros, chistera negra que guardaba desde el día de la boda, e iba con un bastoncillo negro a pedir para la Soledad de la negra capa. Luego en la procesión la llevaba en hombros, y aquel dulce peso era para él una delicia sólo comparable a una docena de letanías con sus quinientos sesenta y dos *orá por nobis*.

¡Pobre ángel de Dios, dormido en la carne! No hay que tenerle lástima, era padre y toda la humedad de su alma parecía evaporarse a la vista del pequeño. ¿Besos?, ¡quia! Esto en él era cosa rara, apenas se le vio besar a su hijo, a quien quería, como buen padre, con delirio.

Vino el bombardeo, se refugió la gente en las lonjas y empezó la vida de familias acuarteladas. Nada cambió para *Solitaña;* todo siguió lo mismo. La campanada de bomba provocaba en él la reacción inconsciente de un Avemaría y la rezaba pensando en cualquier cosa. Veía pasar a los *chimberos* de la otra guerra como veía pasar al eterno *chinel*. Si el proyectil caía cerca, se retiraba adentro y se tendía en el suelo presa de una angustia indefinible. Durante todo el bombardeo no salió de su cuchitril. La noche de San José temblaba en el colchón, tendido sobre el suelo, ensartando Avemarías. «Si al cabo entraran –decía doña Rufina– ya le haría yo pagar a ese negro de don José María lo que nos debe.»

Su hijo fue a estudiar Medicina. La madre le acompañó a Valladolid; a su cargo corría todo lo del chico. Cuando acabó la carrera pensaron por un momento dejar la tienda; pero *Solitaña* sin ella hubiera muerto de fiebre, como un oso blanco trasportado al África ecuatorial.

Vino el terremoto de los Osunas, y cuando las obligaciones bambolearon, crujió todo y cayeron entre ruinas de oro familias enteras, se encontró *Solitaña* una mañana lluviosa y fría con que aquel papel era papel mojado y lo remojó con lágrimas. Bajó mustio a la tienda y siguió su vida.

Su hijo se colocó en una aldea y aquel día dio don Roque un suspiro de satisfacción. Murió su mujer, y el pobre hombre, al subir las escaleras, que temblaban bajo sus pies, y sentir la lluvia, que azotaba las ventanas, lloraba en silencio con la cabeza hundida en la almohada.

Enfermó. Poco antes de morir le llevaron el Viático, y cuando el sacerdote empezó la letanía, el pobre *Solitaña*, con la cabeza hundida en la almohada, lanzaba con labios trémulos unos imperceptibles *orá por no-*

bis, que se desvanecían lánguidamente en la alcoba, que estaba entonces como ascua de oro y llena de tibio olor a cera. Murió; su hijo le lloró el tiempo que sus quehaceres y sus amores le dejaron libre; quedó en el aire el hueco que al morir deja un mosquito, y el alma de *Solitaña* voló a la montaña eterna, a pedir al Pastor, él, que siempre había vivido a la sombra, que nos traiga buen sol para hoy, para mañana y para siempre.

¡Bienaventurados los mansos!

Bonifacio

Bonifacio vivió buscándose y murió sin haberse hallado; como el barón del cuento creía que tirándose de las orejas se sacaría del pozo.

Era un muchacho, por su desgracia, listo, empeñadísimo en ser original y parecer extravagante, hasta tal punto, que dejaba de hacer lo que hacían otros por la misma razón que éstos lo hacen: porque ven hacerlo. Empeñado en distinguirse de los hombres, no conseguía dejar de serlo.

Yo no quiero hacer ningún retrato; declaro que Bonifacio es un ser fantástico que vive en el mundo inteligible del buen Kant, una especie de quinto cielo; pero la verdad es que cada vez que pienso en Bonifacio siento angustia y se me oprime el pecho.

«¿Cuál será mi aptitud?», se preguntaba Bonifacio a solas.

Escribió versos y los rompió por no hallarlos bastante originales: éstos recordaban los de tal poeta, aquéllos los de cual otro; le parecía cursi manifestarse sentimental, más cursi aún romántico (¿qué quiere decir romántico?), mucho más cursi, escéptico, y soberanamente cursi, desesperado. Escribió unas coplas irónicas, llenas de desdén hacia todo lo humano y lo divino, y leyéndolas un mes más tarde las rompió, diciéndose: «¡Vaya una hipocresía!, pero si yo no soy así». Luego escribió otras tiernísimas en que hablaba del hogar, de su familia, de su rincón natal, cosa de arrancar lágrimas a un canto, y las rompió también: «Sosadas, sosadas, ¡esto es música celestial!».

¡Pobre Bonifacio! Cada mañana la luz hacía brotar de su mente un pensamiento nuevo, que moría poco más o menos a la hora en que muere el sol.

Bonifacio era muy alegre entre sus amigos; a solas se empeñaba en ser triste, se tiraba con furia de las orejas; pero, ¡como si no!, siempre tranquila la superficie del pozo y él metido allí.

Había empezado a leer muchos libros para acabar muy pocos; le gustaba más soñar que leer. A todo escritor le reprochaba que aún le faltaba algo, evidentemente, le faltaba algo..., se parecía a otros y esto es horrible.

¿Cuál será mi aptitud? Esto era su eterno tormento. Empezó a construir un nuevo sistema filosófico, y ya casi terminado, echó de ver que todo lo que él decía lo habían ya dicho otros, e hizo trizas aquellos pliegos llenos de remiendos, borrones y añadidos.

No hubo ramo del conocimiento humano en que no se ensayase; pero todos, absolutamente todos, ¡habían sido ya tan sobados...! ¡Había que trabajar tanto para espigar cosas tan viejas! Luego hay una horrible fatalidad: toda verdad descubierta se hace trivial.

¿Quién demonio daría con una verdad que eternamente chocara a los hombres?

Bonifacio tenía buen fondo; pero él se obstinaba en buscarse en la forma. Se le había puesto en la cabeza que llegaría a ser hombre célebre: la cuestión era dar con el camino. El hogar, la familia, las dichas íntimas... ¡Bah!, vulgaridades que acaban por aburrir.

A fuerza de espolear a los nervios conseguía horas nocturnas de tristeza, se entregaba a pensamientos lúgubres que el viento fresco de la calle arrebataba como nubes.

Cuando hablaba, se olvidaba de su papel y sacaba su alma a escena: un alma sencilla y cándida, vulgarísima de puro humana.

Bonifacio amaba, pero con un amor mortificante, nada original. Cualquier amor de cualquier héroe de cualquier novelucha se parecía al suyo. La mujer es un estorbo; evidentemente corre más quien sólo se lleva a sí mismo a cuestas que quien se lleva con su mujer. Platón, Santo Tomás, Descartes, Kant, fueron solteros; esto le desazonaba al pobre.

Su mayor tormento era tener que trabajar para vivir. Resulta además que el vivir es tan vulgar y rutinario como el trabajar.

Una vez íbamos de paseo a la caída de la tarde; el pobre hombre, desahogándose; yo, mordiendo una hoja de zarza.

–En esta vida no queda tiempo más que para vivir –me decía.

Yo le miraba con extrañeza y temor; instintivamente me aparté un poco de él.

–Mira –seguía–, unas veces soy alegre, otras triste; yo no veo las cosas ni claras ni oscuras; pero me falta algo, yo no sé lo que me pasa, pero algo me pasa. Dicen que estoy chiflado, que todas estas cosas no pasan de fantasías, que soy muy raro –al decir esto le brillaban los ojos de gusto–. Todos los majaderos me desdeñan, y como soy bueno, me veo obligado a tragar la hiel que destila mi hígado.

¡Pobre Bonifacio! No digo yo que se echó a llorar, porque sería mentir; yo no le vi llorar, pero ignoro si se tragó las lágrimas; se han dado casos de personas que por no entregar algún papelillo secreto se lo han tragado, y digerido, que es peor.

Algunos días estaba tan alegre que, francamente, me parecía que había conseguido sacarse del pozo: una alegría rarísima, extrahumana.

Bonifacio no era pesimista, Bonifacio no era optimista, Bonifacio no era nada, nada quería ser, ni sabía lo que quería. ¡Pobre Bonifacio!

Él quería ser algo que llamara la atención, no sabía bien qué.

¿Para qué continuar un cuento tan viejo?

Cójanle ustedes a Bonifacio, denle unos cuantos martillazos por aquí y por allí, moldéenle hasta que se pliegue a las exigencias de la realidad, y díganme en conciencia si han conocido a Bonifacio.

Me falta hablar del fin de Bonifacio.

Respecto a éste corren dos tradiciones igualmente atendibles.

Según la una, Bonifacio acabó como había empezado, siempre el mismo, siempre buscándose y nunca hallado; acabó como las nubes de verano: mientras vivió hizo sombra, y cuando murió siguió alumbrando el sol su sitio vacío.

Según otra tradición, Bonifacio, golpe aquí, golpe allí, se fue redondeando, se casó, tuvo hijos, y cuando fue padre halló la originalidad tan buscada, que, con ser tan común, es la más rara. Sus últimas palabras fueron: «Conque ¡adiós, hijos míos!».

Aún hay otras tradiciones, porque éstas son como los hongos; pero en todas ellas el fondo de verdad está exornado por mil retazos y añadiduras.

Las tribulaciones de Susín

A Juan Arzadun

La fresca hermosura del cielo que envolvía árboles verdes y pájaros cantores alegraba a Susín, entretenido en construir fortificaciones con arcilla, mientras la niñera, haciendo muchos gestos, reía las bromas de un asistente.

Susín se levantó del suelo en que estaba sentado, se limpió en el trajecito nuevo las manos embarradas, y contempló su obra viendo que era buena. Dentro de la trinchera circular quedaba un espacio a modo de barreño que estaba pidiendo algo, y Susín, alzando las sayas, llenó de orina el recinto cercado. Entonces le ocurrió ir a buscar un abejorro o cualquier otro bicho para enseñarle a nadar.

Tendiendo por el campo la vista, vio a lo lejos brillar algo en el suelo, algo que parecía una estrella que se hubiera caído de noche con el rocío. ¡Cosa más bonita! Olvidado del estanquecillo, obra de sus manos y su meada, fuese a la estrella caída. De repente, según a ella se acercaba, desapareció la estrella. O se la había tragado la tierra, o se había derretido, o el Coco se la había llevado. Llegó al árbol junto al cual había brillado la añagaza, y no vio en él más que guijarros, y entre ellos un cachito de vidrio.

¡Qué hermosa mañana! Susín bebía luz con los ojos y aire del cielo azul con el pecho.

¡Allí sí que había árboles! ¡Aquello era mundo y no la calle oscura preñada de peligros, por donde a todas horas discurren caballos, carros, bueyes, perros, chicos malos y alguaciles!

Mudó Susín de pronto de color, le flaquearon las piernecillas y un nudo de angustia le apretó el gaznate. Un perro..., un perro sentado que le miraba con sus ojazos abiertos, un perrazo negro, muy negro y muy grande. Si hubiera pasado por su calle, habríale amenazado desde el portal con un palo; pero estaba en medio del campo, que es de los perros y no de los niños.

No le quitaba ojo el perro, que levantándose empezó a acercarse a Susín, a quien el terror no dio tiempo de pensar en la huida. Rehecho un poco echó a correr, mas con tan mala suerte que, tropezando, cayó de bruces. Cayó y no lloró, quedándose pegado al suelo... ¿Llorar? ¿Y si le oía el perro, que acaso no era más que el Coco que se lleva a los niños llorones, disfrazado? Se le acercó el perrazo y le olió. Sin alentar apenas, y con un ojo entreabierto, vio Susín, bailándole el corazoncillo, que el perro se alejaba lentamente y que allá, muy lejos, sacudía con majestad sus negros lomos con la cola negra.

Susín se levantó, y mirando en derredor viose solo en la inmensa soledad; el sol picaba su cabecita rubia y le saludaban los árboles. Y allí cerca brillaba el agua de un charco al reflejo del sol.

Olvidó al perro, como había olvidado al estanquecillo, obra de sus manos, y a la estrella caída, y se acercó al charco, cuya superficie límpida y clara parecía el rostro sereno, pero triste, de un charco muerto a que había que animar. Cogió una chinita, la arrojó al agua, y entonces el charco se echó a reír, perdiéndose su risa suavemente en el barrizal de las orillas. ¡Qué bonitos círculos! Empezó a subir el légamo del fondo y a enturbiarse el charco, y entonces, cogiendo Susín un palo y agachándose, mejió el agua. ¡Y cómo se enturbiaba!

Levantose Susín, metió un piececito en el agua y empezó a chapotearla. ¡Qué bonito! ¡Cómo se reía el charco de que se le enfangara y de ensuciar al niño!

Al sentir éste la humedad que, atravesando las botitas, le refrescaba el pie, la conciencia de estar haciendo una cosa fea le hizo volver la cabeza. Dio un grito y se arrimó a un árbol, quedándose en él pegado y sin saber dónde esconder los pies. ¡Oh, si hubiera podido trepar como los chicos grandes y esconderse en las ramas altas, donde se esconden los abejorros! Pero de una cornada podía haber derribado el árbol la vaca.

Era una vaca colosal, cuyo cuerpo casi cubría el cielo y cuya sombra se extendía por la tierra desmesurada y fantástica. Avanzaba lentamente, recreándose en la angustia de su víctima, que se tapó los ojos para que la vaca no le viera, y a punto de arrojarse al suelo y gritar: «¡No, no lo haré más!». La vaca, avanzando, pasó de largo. Susín se despegó del árbol y miró en derredor. ¿Dónde estaba?

Sentía cosquilleo en el estómago, pues es cosa sabida que las impresiones fuertes aceleran la vida y debilitan el cuerpo, y que hasta los grillos recién muertos resucitan entre lechuga.

Entonces Susín se dio cuenta de su situación, miró atónito al largo camino, a los castaños corpulentos, a la tierra solitaria y al sol imperturbable, clavado en el cielo azul. ¿Y la chacha?

De cuando en cuando pasaba algún hombre y casi ningún señor. Hombres, hombres todos, y ¡qué hombres!, todos feos, con mucha barba y ningún parecido a papá. Uno le miró mucho, y esos hombres que miran mucho son los peores, los del saco. Sintió angustia mortal al verse perdido en el mundo, a merced de los chicos malos que llaman «madre» a su mamá, de los perros grandes y de las grandes vacas, y no estaba allí papá para pegarles. El soplo del Coco heló a Susín el alma, que temblaba como las hojas del árbol, sintiendo al Coco presente en todas partes, agazapado tras de los árboles, acurrucado bajo las piedras, oculto bajo tierra, caminando a su espalda. Rompió a llorar, y a través de las lágrimas vio que en el campo deshecho en bruma se le acercaba un hombre.

Un hombre... pero, ¡qué hombre! Mirole con la atención del espanto, recogiéndose su alma helada en un rinconcillo del corazón. ¡No era un hombre, era peor que un hombre, era un alguacil!

El alguacil se le acercaba poco a poco como el perro negro y la vaca grande; pero ni se alejó ni pasó de largo. Abriendo Susín tanto los ojos que apenas veía, sintió que una manaza se posaba en su manecita, y se vio perdido y sin poder llorar.

—No llores, chiquito; no llores, que no te hago nada.

¡Qué malo es el Coco! ¡Qué malo es el Coco cuando usa ironía alguacilesca!

—Ven, ven conmigo; vamos a buscar a papá.

El cielo se le abrió al niño con el milagro, porque lo era, un verdadero milagro, el que un alguacil tuviera voz tan suave, inflexiones en ella tan tiernas, tono tan acariciador. ¡Si parecía un papá aquel alguacil! Su mano no oprimía y su paso se acomodaba al del niño, que se sentía entonces al amparo de un alto personaje, de un Coco bueno.

—Dime, ¿de quién eres?

—De papá.

—¿Y quién es tu papá?

—Papá.

—Pero ¿qué papá, hijo mío?

—El de mamá.

El ministro de justicia se sonrió, porque también él era de su mujer. Singular pregunta para el niño, ¿quién es tu papá? ¡Como si hubiera más de uno!

—¿Dónde vives?

—En casa.

—¿Y dónde está tu casa?

—En casa de papá.

El alguacil renunció al interrogatorio, quedándose perplejo; porque sin interrogatorio ¿cómo se averiguan las cosas?

Acababan de serenarse los ojos de Susín y le invadía toda la dulzura del aire del cielo cuando vio venir a la niñera amenazadora, peligro patente y claro, nada fantástico. Asió entonces el niño con sus dos manecitas el pantalón del alguacil, ocultando su cabecita rubia entre las piernas de éste. Hubiérase achicado hasta poder entrar en el bolsillo de aquel sagrado pantalón.

La voz del alguacil sonó armoniosísima, diciendo: «No hagas caso, no te harán nada». Y luego, más grave: «Déjele usted, que no tiene él la culpa».

De manos del alguacil pasó a los brazos de la criada, y al alejarse miraba a aquél por si seguía protegiéndole con la mirada. Mas apenas perdieron de vista al Coco bueno, sintió Susín en el trasero la mano de la niñera.

–¡Chiquillo! No te tengo dicho que no te vayas de mi lado... Ya te daré yo... Buen rato me has hecho pasar... Yo, como una loca, busca que te busca, y tú...

El niño lloraba de una manera lastimosa; aquello no era el Coco, pero sí una buena azotina. Y lloraba tanto que, impacientada la niñera, empezó a besarle y decirle:

–No seas tonto, no ha sido nada, no llores, Susín... Vamos, calla, ya sabes que a papá no le gustan los niños llorones... Cállate..., mira, voy a comprarte un caramelo, si callas...

Susín calló para chupar el caramelo.

Cuando poco después vio las paredes de su casa y se sintió fuerte al arrimo de su padre, renováronsele las heridas, sintió el diente del perro, el cuerno de la vaca y la mano de la niñera y rompió a llorar. ¡Qué dulce le sonó la voz de papá riñendo a la chacha! Tomole luego en brazos su padre, apoyó Susín su mejilla ardiente sobre el pecho protector y bajó el sueño a derretir sus penas.

¡Qué hermoso es llegar al puerto empapado en agua de tempestad!

¡Cosas de franceses!
(Un cuento disparatado)

Es cosa sabida que nuestros vecinos los franceses son incorregibles cuando en nosotros se ocupan, pues lo mismo es en ellos meterse a hablar de España que meter la pata.

A las innumerables pruebas de este aserto añada el lector el siguiente cuento que da un francés por muy característico de las cosas de España, y que, traducido al pie de la letra, dice así:

Don Pérez era un hidalgo castellano dedicado en cuerpo y alma a la ciencia y a quien tenían por modestísimo sus compatriotas.

Pasábase las noches de claro en claro y los días de turbio en turbio, enfrascado en el estudio de un importante problema de química, que para provecho y gloria de su España con honra había de conducirle al descubrimiento de un nuevo explosivo que dejara inservibles cuantos hasta hoy se han inventado.

El lector que se figure que nuestro don Pérez no salía del laboratorio manipulando en él retortas, alambiques, reactivos, crisoles y precipitados dará muestras de no conocer las cosas de España.

Un hidalgo español no puede descender a manejos de droguería y entender de tan rastrero modo la excelsitud de la ciencia, que por algo ha sido España plantel de teólogos.

Don Pérez se pasaba las horas muertas, como dicen los españoles, delante de un encerado devanándose los sesos y trazando fórmulas y más fórmulas para dar con la deseada. De ningún modo quería manchar sus investigaciones con las impurezas de la realidad, recordaba el paso aquel en que los villanos galeotes apedrearon a Don Quijote y no quería que hicieran lo mismo con él los hechos. Dejaba a los Sancho Panzas de la ciencia el mandil y el laboratorio, reservándose la exploración de la sima de Montesinos.

Quede el proceder por tanteos para los que viven en tinieblas y no han nacido, como la inmensa mayoría de los españoles, en posesión de la verdad absoluta o la han dejado perder por su soberbia.

Al cabo de tanta brega dio don Pérez con la deseada fórmula y el día en que ésta se hizo pública fue de regocijo en toda España. Hubo colgaduras, cohetes, gigantones, y sobre todo combates de toros. Las charangas alegraban las calles de las ciudades tocando el himno de Riego.

Las Cortes decretaron coronar de laurel en el Capitolio de Madrid a don Pérez, así que hiciera volar el peñón de Gibraltar con todos sus ingleses o cuando menos la gran montaña del Retiro de Madrid.

Adornando las paredes de zapaterías y barberías de los pueblos y en no pocos hogares aparecía entre números de *La Lidia* el retrato de don Pérez, junto al de Ruiz Zorrilla unas veces y al del pretendiente don Carlos otras. A un nuevo aguardiente anisado le bautizaron con el nombre de «Anisado explosivo Pérez».

No faltaron, sin embargo, Sanchos y socarrones bachilleres que trataban de echar jarros de agua fría al popular entusiasmo; pero desde que aparecieron en los periódicos escritos del eminente geómetra don López y del no menos eminente teólogo don Rodríguez rompiendo lanzas a favor del nuevo explosivo Pérez, los descontentos se redujeron al silencio público y a la lima sorda.

Llegó el día de la prueba. Todo estaba dispuesto para hacer volar una colinilla situada en las llanuras de la Mancha, y no faltaron animosos creyentes que se comprometieron a dar fuego a la mecha en compañía de don Pérez.

Cuando la mecha empezó a arder, estalló un formidable ¡olé!, ¡olé! de la multitud, que desde lejos contemplaba la prueba y algunos palidecieron.

Y cuando el fuego llegó al explosivo se oyó un ruido semejante a un trueno, se levantó una gran polvareda, y al disiparse ésta apareció la figura de don Pérez radiante de esplendor. La multitud le aclamó frenética, dio vivas a su madre y a su gracia, y le llevaron en brazos como sacan a don Frascuelo de la plaza cuando mata un toro según las reglas de la metafísica tauromáquica. Y por todas partes no se oía más que: ¡Olé! ¡Viva España con honra!

Los periódicos hicieron su agosto.

Unos aseguraban que el cerro se había hecho polvo, otros mostraban cicatrices de golpes que recibieron de los pedazos en que se deshizo; pero algunos días después se aseguraba que unos pastores habían visto el cerro en el mismo sitio que antes, y cuando se confirmó esta noticia se levantó la gran polvareda de indignación popular.

Era imposible el caso, el cerro tenía que haber volado, porque eran infalibles las fórmulas del encerado de don Pérez.

Era una mano aleve que había mojado el explosivo, la mano de un maligno encantador enemigo de don Pérez y envidioso de su fama.

Este encantador, sucediendo el caso en España, ya se sabe cuál tenía que ser, el Gobierno.

La opinión pública se pronunció contra éste en los cafés y las tertulias, y los periódicos hicieron resaltar la desatentada conducta del maligno encantador que se empeñaba en vivir divorciado de la opinión pública, tan perita en química como es en España, sobre todo después de ilustrada por el eminente geómetra don López y el no menos eminente teólogo don Rodríguez.

En aquella campaña se recordó a Colón, a Cisneros, a Miguel Servet, a los tercios de Flandes, el Salado, Lepanto, Otumba y Wad-Ras, los teólogos de Trento y el valor de la infantería española, que con él hizo vana la ciencia del gran capitán del siglo. Con tal motivo se insistió una vez más en la falta de patriotismo de aquellos que no querían más que lo extranjero habiendo mejor en casa y se recordó al pobre don Fernández, arrinconado y desconocido en su ingrata patria y celebradísimo fuera de ella, el pobre don Fernández, cuyos libros en España tenían que tomarlos las corporaciones mientras eran traducidos a todos los idiomas cultos inclusos el japonés y el bajo bretón.

El pobre don Pérez, perseguido por follones malandrines, trató de vindicar la honra de España, y como se proponía demostrar la eficacia del explosivo, con el que había de volar a Gibraltar y desenmascarar al Gobierno, le presentaron candidato a la Diputación a Cortes. Las Cortes son la academia en que se reúnen a discutir todos los sabios de España, asamblea que, siguiendo las gloriosas tradiciones de los Concilios de Toledo, hace a pluma y a pelo, ya de Congreso político, ya de Concilio, en que se dilucidan problemas teológicos, como sucedió allá por el 69.

En cuanto los admiradores de don Pérez presentaron su candidatura, el eminente toreador don Señorito, viviente ejemplo del consorcio de las armas con las letras, sintió arder su sangre, y al salir de un combate de toros en que arrebató al público estoqueando seis colombinos con la más castiza filosofía, se fue a un mitin y volvió a arrebatarle con un discurso en favor de la candidatura de don Pérez.

Sólo en la pintoresca España se ven cosas semejantes. Después de brindar por la patria desplegó don Señorito el trapo, dio un pase a España con honra, otro de pecho a Gibraltar y sus ingleses, uno de mérito a don Pérez, sostuvo una lucidísima brega, aunque algo bailada, acerca de la importancia y carácter de la química, y, por fin, remató la suerte dando al Gobierno una estocada hasta los gavilanes.

El público gritaba ¡olé, tu salero!, y pedía que dieran al tribuno la oreja del bicho, uniendo en sus vítores los nombres de don Pérez y don Señorito.

Allí estaba también el gran organizador de las ovaciones, el Barnum español, el popularísimo empresario don Carrascal, que se proponía llevar en una *tournée* por España al sabio don Pérez como se había llevado ya al gran poeta nacional.

El buen don Pérez se dejaba hacer traído y llevado por sus admiradores, sin saber en qué había de acabar todo aquello.

Pero ni la elocuencia tribunicia del toreador don Señorito, ni la actividad del popularísimo don Carrascal, ni la proteccion del gran político don Encinas, movieron al Gobierno español, que siguió comiendo el turrón a dos carrillos y sordo a las voces del pueblo, según es su costumbre.

¡Y todavía sigue en pie el peñón de Gibraltar con sus ingleses!

Convengamos en que sólo un francés es capaz, después de ensartar tal cúmulo de disparates, sobre todo el de presentarnos un torero de tribuno en favor de la candidatura a diputado de un sabio, sólo un francés, decimos, es capaz de dar tal cuento como característico de las cosas de España. ¡Cosas de franceses!

Pero, señor, ¿cuándo aprenderán a conocernos nuestros vecinos, por lo menos tanto como nosotros nos conocemos?

El misterio de iniquidad
O sea los Pérez y los López

Juan pertenecía a la familia Pérez, rica y liberal desde los tiempos de Álvarez Mendizábal. Desde muy niño había oído hablar de los carlistas con encono mal contenido. Se los imaginaba bichos raros, y tenía de ellos una idea del mismo género a que pertenece la vulgar del judío. Gente taciturna, de cara torcida, afeitada o con grandes barbas negras y alborotadas, largos chaquetones negros, parcos de palabras y tomadores de rapé. Se reunían de noche en las lonjas húmedas, entre los sacos fantásticos de un almacén lleno de ratas para tramar allí cosas horribles.

Con los años cambiaron de forma en su magín estos fantasmas, y se los imaginó gente taimada, que en paz prepara a la sordina guerras y que sólo se surte de las tiendas de los suyos.

Cuando se hizo hombre se disiparon de su mente estas disparatadas brumas matinales y vio en ellos gente de una opinión opinable, puesto que es opinada, fanáticos que, so capa de religión, etc. Es excusado enjaretar aquí la letanía de sandeces salpicada de epítetos podridos que es de rigor entre anticarlistas.

En la familia Pérez había vieja inquina contra la familia carlista López. Un Pérez y un López habían sido consocios en un tiempo; hubo entre ellos algo de eso cuyo recuerdo se entierra en las familias; este algo engendró chismes, y la sucesión continua de pequeñas injurias diarias, saludos negados, murmuraciones, miradas procaces, chinchorrerías, en fin, engendraron un odio duro.

La familia Pérez, aunque liberal, era tan piadosa como la familia López. Oían misa al día, comulgaban al mes, figuraban en varias congregaciones, gastaban escapularios. Eran irreprochables.

Nuestro Juan Pérez se había nutrido de estos sentimientos, a los que añadía alguna instrucción, ni mucha ni muy variada. Su afición mayor eran las matemáticas.

Así estaban las cosas cuando empezó a sonar en este mundo el famosísimo aforismo «el liberalismo es pecado», frase portentosa. ¡Pecado! La elección de esta palabra es una obra maestra, pues cualquier otra que se empleara, error, herejía, impiedad, crimen, o dicen más o menos, y así o no llegan al blanco o pasan de él.

Nuestro Pérez tomó esto a poca cosa, como un ardid indigno salido de las lonjas húmedas donde se reunían los fantasmas del chaquetón. Un artículo que la casualidad llevó a sus manos le abrió el apetito. Leyó el áureo libro del eximio Sardá, se aficionó a los artículos del Hermano Mayor, a las cartas del Martillo de protestantes y liberales, y empezó a preocuparse de esa doctrina nefanda, que bajo nombre de liberalismo infiltra en la sociedad como veneno sus miasmas deletéreos. Lo nefando y deletéreo sobre todo le producía cosquillas en las sienes.

Estudió la lucha entre mestizos y puros, y se sabía de pe a pa las decisiones del Índice y los viajes de don Celestino. Se dedicó a leer los periódicos puros, y con fruición de espíritu anémico tragaba artículos inacababales, siempre sobre lo mismo, siempre en el mismo estilo y con los epítetos consagrados siempre. Aguzó su espíritu en las argucias imperceptibles, en los juegos malabares de distincionzuelas y en los pequeños logogrifos de conceptillos.

A todo esto llegó la encíclica *Libertas* y con ella las briosas predicaciones en contra de ese conjunto de todas las herejías y la campaña contra los liberales, imitadores de Lucifer, cuyo es aquel grito: ¡no serviré!

Muchas veces, al anochecer, en la iglesia, quedaba sentado en un banco, meditando. Poco a poco sus ideas perdían los contornos hasta que se convertían en una nube, y, entonces, al oír dar al reloj las nueve, salía de la quietud del templo al bullicio de la calle.

Empezó a sentir desazón en su alma. Una noche volvía del sermón a casa y le zumbaba en la cabeza el famoso aforismo. No podía entrar con que él fuera más pecador que un adúltero o un asesino, y la cosa estaba bien clara, porque pecar contra la fe, directamente contra Dios, no dándole crédito, es peor que pecar por carambola; la soberbia es más satánica que la ira o la lujuria. Aquella noche no pudo pegar ojo, resudando dio mil vueltas en la cama, se levantó a beber agua del jarro de la jofaina, cerraba los ojos con violencia proponiéndose contar hasta ciento cincuenta, ni por esas;

nada, siempre en el campo oscuro bailando la sentencia. Así hubiera pasado toda la noche si a eso de las cuatro, con la fatiga que venció al insomnio, no hubiera iluminado su mente esta idea de paz: salvo los casos de ignorancia y de buena fe. Se durmió diciendo: Dios me perdonará porque no sé lo que me pienso.

Juan Pérez recobró aparente calma, considerándose caso de ignorancia o de buena fe.

Pero... veámoslo: la ignorancia vencible, ¿no es pecado? Empezó a bucear en su alma si era él caso de ignorancia o de buena fe, o era todo ello argucias del enemigo malo. ¡Cuesta tanto crucificar al hombre viejo! Dale que le das le volvieron los insomnios.

Así estaba el pobre. Volvió a leer el áureo libro del eximio Sardá, la encíclica *Libertas,* y empezó a estudiar lo que la maestra de la gente entiende por liberalismo en sus varios grados y matices, y por liberales, imitadores, etc. Una tarde, a la hora en que se acuesta el sol en cama de oro, y cuando volvía Juan Pérez de paseo por una estrada, mordiendo un brote de zarzamora, se le ocurrió preguntarse: ¿soy yo acaso liberal, imitador, etc.? Y descubrió sin asombro, como cosa olvidada de puro sabida, que nunca había sido liberal. Recobró calma; no era liberal, pero tampoco carlista. ¡Carcunda como los López!, ¡jamás! ¡Los del chaquetón! Debajo de sus ideas yacían siempre los espectros de su infancia.

No era liberal, pero le quedaba el nombre. ¡Qué cosa tan terrible es el nombre! Es el pulpo de la inteligencia. A sus padres les llamaron y se llamaron ellos a sí mismos liberales. ¡Perder el apellido porque otros lo hayan difamado! El nombre se aferraba a él porque

Satanás sabe que la piel es lo último que se deja, y que por la piel se pierden muchos. Mi liberal cerró ojos y oídos al terrible nombre, a la palabra misteriosa, que es lo que fue en principio.

En la vida interior de Juan Pérez vino otro período de prueba. ¿Basta en el siglo de la lucha verla como mero espectador? ¿Basta desertar de las banderas de Bebial? La timidez, ¿no es pecado?

El resultado fue que Juan Pérez se hizo tradicionalista, carlista no; abjuró en todos sus grados y matices la secta deletérea que jamás había profesado, y se apartó de los liberales, imitadores de Lucifer, cuyo es aquel grito, ¡no serviré! Estudió los errores nefandos que constituyen ese abominable compendio de todas las herejías y aborreció, sobre todo, los infames contubernios de los hijos de la luz con los de las tinieblas; le picó un prurito de ergotista curiosidad por conocer el bien y el mal, y leyó obras de liberales para conocer de cerca el cáncer de nuestra sociedad.

Refresquemos la sequedad de este relato.

Carmencita era una buena muchacha, celebrada por todas las viejas y con los bolsillos sonantes, condiciones que explican por qué Juan Pérez y un López, convencidos ambos de que no está bien que el hombre esté solo y que no es bueno quemarse, la persiguieran con buen fin. Este López, de carlista se había hecho íntegro, íntegro de cabeza, leal de sangre, porque toda otra distinción no pasa de válvula de seguridad en un cerebro henchido de verdad absoluta.

No se sabe cómo fue que López quitó el partido a Pérez y casó con la chica de los cuartos. Juan Pérez pasó malos días y peores noches; pero al cabo bendijo los inescrutables designios de la Divina Providencia y en nada disminuyó su amistad para con López, a quien había sacrificado rencorcillos de familia en aras de la comunidad de doctrinas.

Juan Pérez, cuando se había creído liberal, maldito si sabía lo que es el liberalismo; pero ya purificado estaba al dedillo de los pestilentes errores de la nefanda secta y había leído a los corifeos de la impiedad y a algunos alemanes traducidos. El enemigo malo a las veces le tentaba, el conocimiento del mal le daba vértigos y oía como canto de sirena engañadora el silbo maléfico de la serpiente infernal.

El demonio le tentaba, y cuanto más se hundía su imaginación en el ergotismo laberíntico, su inteligencia, corrompida por el pecado original, más se levantaba en alas de la soberbia. Satanás le levantaba ofreciéndole un mundo nuevo de ideas nuevas si rendido le adoraba. Empezaba a empacharse de la dulce virtud de humillarse ante la letra y a desconocer que Dios escogió lo necio y lo flaco del mundo para avergonzar a los sabios y a los fuertes. Hay que añadir que por este tiempo Juan Pérez se dedicaba a la gimnasia y bebía los vientos por una muchacha casquivana y pobre.

Llegó el estallido. Sucedió que un día de primavera, en cierta reunión, departían amigablemente, entre otros varios, nuestros Pérez y López acerca de una carta del Martillo y comentaban el tiroteo entre íntegros y leales. Repetían por centésima vez el mismo chiste, escudriñaban la cuarta intención de cosas sin la primera, repetían argumentos que siempre con los mismos collares se leen empotrados en seis o siete columnas de prosa prensada, cuando trabaron discusión

Juan Pérez y Pedro López sobre el mayor o menor grado y matiz de liberalismo de sus opiniones respecto a un punto concreto.

Es de saber que en este desdichado siglo de las luces y de los derechos del hombre, el virus pestilente del liberalismo lo inficiona todo de tal manera con sus miasmas deletéreos que circula hasta en las raíces del integrismo más puro. Es uno de los mayores tormentos del hombre puro examinar despacio cada idea que se le ocurra antes de manifestarla y ponerla en cuarentena hasta ver qué grado y matiz de liberalismo puede tener. ¡Oh siglo infeliz!

Llegó la discusión del Pérez y el López a agriarse a punto que intervenían los amigos, temiendo un mal remate. Pérez ardía, tenía la cara roja, el corazón palpitante, se sofocaba, y la sangre, inficionada del pecado original, le traía los espectros de su niñez, la imagen esfuminada de los chaquetones negros en las lonjas húmedas, el rencor heredado y mamado, frases de sus padres que no entendió al oírlas, miradas de los López, miserias de vecindad con vaho de patio, narraciones de hazañas de cristinos, los ojos de buey de Carmencita que le miraban, y se le removía el légamo del corazón que Dios le había endurecido, se le dislocaba el cerebro, y sobre todo este nubarrón confuso, que como viento de tempestad arrastraba la cólera, veía brillar la fatal sentencia. Sintió un nudo en la garganta y ganas de estrangular a López cuando oyó que éste le gritaba:

—¡Quítese usted de ahí, so liberal!

Juan Pérez estalló:

—¡Sí, sí y sí! ¡Liberal y a mucha honra! Liberal fui, soy y seré, liberal en todos sus grados y matices, imitador de Lucifer, cuyo es aquel grito: ¡No serviré! ¡No, no serviré!, y si es pecado..., ¡que lo sea!

No sabía lo que se decía, pero ni en el delirio de la cólera olvidó la fraseología.

Salió soplando, y aquella noche se le repitieron los insomnios.

Había roto la cáscara, descendía la pendiente, le faltó la gracia eficaz y empezó en su espíritu un trabajo de demolición. Había probado el fruto y acabó por ser liberal a ciencia y conciencia. ¡Mala cosa es ser sabio en opinión propia; se debe esperar más del necio! ¡Ay de los que son sabios a sus propios ojos!

La doctrina rompió la ignorancia; el conocimiento del pecado trajo horror a él, y la sangre liberal, pecado original de los Pérez desde los tiempos de Álvarez Mendizábal, entronizó la carne sobre el espíritu. No conoció el pecado, sino por la ley; no hubiera conocido el liberalismo si la ley no le dijera: el liberalismo es pecado. El pecado, tomando ocasión de mandamiento, renovó en él la rebeldía de la sangre, porque sin la ley el pecado estaba muerto. Juan Pérez vivió sin ley en algún tiempo, mas cuando vino el mandamiento revivió el pecado; el mandamiento que da la vida le dio muerte, porque el pecado, con ocasión del mandamiento, le engañó y mató. La ley es espiritual, pero nosotros somos carnales.

El misterio de iniquidad se había cumplido: la sangre y Álvarez Mendizábal la habían consumado. ¡Y aún habrá quien se obstine en negar que el liberalismo es pecado y pecado de los mayores, y los liberales imitadores, etc.! ¡Miserable y corrompida carne de Adán! ¿Quién nos librará de este cuerpo de muerte?

El semejante

Como todos huían de Celestino el tonto, tomándole cuando más de dominguillo con que divertirse, el pobrecito evitaba a la gente paseándose solo por el campo solitario, sumido en lo que le rodeaba, asistiendo sin conciencia de sí al desfile de cuanto se le ponía por delante. Celestino el tonto sí que vivía *dentro* del mundo como en útero materno, entretejiendo con realidades frescas sueños infantiles, para él tan reales como aquéllas, en una niñez estancada, apegada al caleidoscopio vivo como a la placenta el feto, y como éste ignorante de sí. Su alma lo abarcaba todo en pura sencillez; todo era estado de su conciencia. Se iba por la mayor soledad de las alamedas del río, riéndose de los chapuzones de los patos, de los vuelos cortos de los pájaros, de los revoloteos trenzados de las parejas de mariposas. Una de sus mayores diversiones era ver dar la vuelta a un escarabajo a quien pusiera patas arriba en el suelo.

Lo único que le inquietaba era la presencia del enemigo, del hombre. Al acercársele alguno le miraba de vez en vez con una sonrisa en que quería decirle: «No me hagas nada, que no voy a hacerte mal»; y cuando le tenía próximo, bajo aquella mirada de indiferencia y sin amor, bajaba la vista al suelo, deseando achicarse al tamaño de una hormiga. Si algún conocido le decía al encontrarle: «¡Hola, Celestino!», inclinaba con mansedumbre la cabeza y sonreía esperando el pescozón. En cuanto veía a lo lejos chicuelos, apretaba el paso; les tenía horror justificado: eran lo peor de los hombres.

Una mañana topó Celestino con otro solitario paseante, y al cruzarse con él y, como de costumbre, sonreírle, vio en la cara ajena el reflejo de su sonrisa propia, un saludo de inteligencia. Y al volver la cabeza, luego que hubieron cruzado, vio que también el otro la tenía vuelta, y tornaron a sonreírse uno a otro. Debía de ser un semejante. Todo aquel día estuvo Celestino más alegre que de costumbre, lleno del calor que le dejó en el alma el eco aquel que de su sencillez le había devuelto, por rostro humano, el mundo.

A la mañana siguiente se afrontaron de nuevo en el momento en que un gorrión, metiendo mucha bulla, fue a posarse en un mimbre cercano. Celestino se lo señaló al otro, y dijo riéndose:

—¡Qué pájaro..., es un gorrión!

—Es verdad, es un gorrión —contestó el otro soltando la risa.

Y excitados mutuamente se rieron a más y mejor: primero, del pájaro que les hacía coro chillando, y luego, de que se reían. Y así quedaron amigos los dos imbéciles, al aire libre y bajo el cielo de Dios.

—¿Quién eres?

–Pepe.
–Y yo Celestino.
–Celestino... Celestino... –gritó el otro, rompiendo a reír con toda su alma–. Celestino el tonto... Celestino el tonto...
–Y tú Pepe el tonto –replicó con viveza y amoscado Celestino.
–¡Es verdad, Pepe el tonto y Celestino el tonto!...

Y acabaron por reírse a toda gana los dos tontos de su tontería, tragándose al hacerlo bocanadas de aire libre. Su risa se perdía en la alameda, confundida con las voces todas del campo, como una de tantas.

Desde aquel día de risa juntábanse a diario para pasearse juntos, comulgar en impresiones, señalándose mutuamente lo primero que Dios les ponía por delante, viviendo *dentro* del mundo, prestándose calor y fomento como mellizos que coparticipan de una misma matriz.

–Hoy hace calor.
–Sí, hace calor, es verdad que hace calor...
–En este tiempo suele hacer calor...
–Es verdad, suele hacer calor en este tiempo..., ji, ji..., y en invierno frío.

Y así seguían sintiéndose semejantes y gozando en descubrir a todos momentos lo que creemos tenerlo para todos ellos descubierto los que lo hemos cristalizado en conceptos abstractos y metido en encasillado lógico. Era para ellos siempre nuevo todo bajo el sol, toda impresión fresca, y el mundo una creación perpetua y sin segunda intención alguna. ¡Qué ruidosa explosión de alegría la de Pepe cuando vio lo del escarabajo patas arriba! Cogió un canto en la exaltación de su gozo para desahogarlo espachurrando al bichillo, pero Celestino se lo impidió diciéndole:

—No, no es malo...

La imbecilidad de Pepe no era, como la de su nuevo amigo, congénita e invariable, sino adventicia y progresiva, debida a un reblandecimiento de los sesos. Celestino lo conoció, aunque sin darse de ello cuenta; percibió confusamente el principio de lo que les diferenciaba en el fondo de semejanza, y de esta observación inconciente, soterrada en las honduras tenebrosas de su alma virgen, brotó en él un amor al pobre Pepe, a la vez de hermano, de padre y de madre. Cuando a veces se quedaba su amigo dormido a orilla del río, Celestino, sentado a su vera, le ahuyentaba las moscas y abejorros, echaba piedras a los remansos para que se callasen las ranas, cuidaba de que las hormigas no subieran a la cara del dormido, y miraba con inquietud a un lado y otro por si venía algún hombre. Y al divisar chicuelos le latía el pecho con violencia y se acercaba más a su amigo, metiéndose piedras en los bolsillos. Cuando en la cara del durmiente vagaba una sonrisa, Celestino sonreía soñando el mundo que le encerraba.

Por las calles corrían los chicuelos a la pareja gritando:

¡Tonto con tonto,
tontos dos veces!

Un día en que llegó un granuja hasta pegar al enfermo, despertase en Celestino un instinto hasta entonces en él dormido, corrió tras el chiquillo y le hartó de pescozones y sopapos. La patulea, irritada y alborozada a la vez por la impresumible rebelión del tonto, la emprendió con la pareja, y Celestino, escudando al otro, se defendió heroicamente a boleos y patadas hasta que llegó un alguacil a poner a los chicuelos en fuga. Y el alguacil reprendió al tonto... ¡Hombre al cabo!

En el progreso de su idiotez llegó Pepe a entorpecerse de tal modo de sentidos que se limitaba a repetir entre dientes, soñoliento, lo que su amigo iba señalándole, según desfilaba como truchimán de cosmorama.

Un día no vio Celestino el tonto a su pobre amigo y anduvo buscándole de sitio en sitio, mirando con odio a los chicuelos y sonriendo más que nunca a los hombres. Oyó al cabo decir que había muerto como un pajarito, y aunque no entendió bien eso de muerto, sintió algo como hambre espiritual, cogió un canto, metiéndoselo en el bolsillo, se fue a la iglesia a que le llevaban a misa, se arrodilló ante un Cristo, sentándose luego en los talones, y después de persignarse varias veces al vapor repetía:

—¿Quién le ha matado? Dime quién le ha matado...

Y recordando vagamente a la vista del Cristo, que un día allí, sin quitarle ojo, había oído en un sermón que aquel crucificado resucitaba muertos, exclamó:

—¡Resucítale! ¡Resucítale!

Al salir le rodeó una tropa de chicuelos: uno le tiraba de la chaqueta, otro le derribó el sombrero, alguno le escupió, y le preguntaban: «¿Y el otro tonto?». Celestino, recogiéndose en sí mismo, perdido aquel fugitivo coraje, hijo del amor, y murmurando: «Pillos, pillos, repillos..., canallas..., éstos le han matado..., pillos»;

soltó el canto y apretó el paso para ponerse en su casa a salvo.

Cuando paseaba de nuevo solo por las alamedas, orilla del río, las oleadas de impresiones frescas, que cual sangre espiritual recibía como de placenta del campo libre, venían a agruparse y tomar vida en torno a la vaga y penumbrosa imagen del rostro sonriente de su amigo dormido. Así humanizó la naturaleza antropomorfizándola a su manera, en pura sencillez e incosciencia; vertía en sus formas frescas, cual sustancia de vida, la ternura paterno-maternal que al contacto de un semejante había en él brotado, y sin darse de ello cuenta vislumbró vagamente a Dios, que desde el cielo le sonreía con sonrisa de semejante humano.

Soledad

Soledad nació de la muerte de su madre; ya Leopardi cantó que es riesgo de muerte el nacimiento,

nasce l'uomo a fatica
ed e rischio di morte il nascimento,

riesgo de muerte para el que nace, riesgo de muerte para quien le da el ser.

La pobre Amparo, la madre de Soledad, había llevado en sus cinco años de casada una vida penumbrosa y calladamente trágica. Su marido era impenetrable y parecía insensible. No sabía la pobre cómo se había casado; se encontró ligada por matrimonio a aquel hombre como quien despierta de un sueño. Su vida toda de soltera se perdía en una lejanía brumosa, y cuando pensaba en ella se acordaba de sí misma, de la que fue antes de casarse, como de una persona extraña. No podía saber si su marido la quería o la detestaba. Se detenía en casa no más que para comer y dormir, para todo lo animal de la vida; trabajaba fuera, hablaba fuera, se distraía fuera. Jamás dirigió a su pobre mujer una palabra más alta o más agria que otra; jamás la contrarió en nada. Cuando ella, la pobre Amparo, le preguntaba algo, consultaba su parecer, obtenía de él invariablemente la misma respuesta: «¡Bueno, sí, déjame en paz; como tú quieras!». Y este insistente «¡como tú quieras!» llegaba al corazón de la pobre Amparo, un corazón enfermo, como un agudo puñal. «¡Como tú quieras! –pensaba la pobre–; es decir, que mi voluntad no merece ni siquiera ser contradicha». Y luego el «¡déjame en paz!», ese terrible «¡déjame en paz!» que amarga tantos hogares. En el de Amparo, en el que debía ser hogar de Amparo, esa terrible y agorera paz lo entenebrecía todo.

Al año de casada tuvo Amparo un hijo; pero en el triste desamparo de su hogar ceniciento ansiaba una hija. «¡Un hijo! –pensaba– ¡Un hombre! ¡Los hombres siempre tienen que hacer fuera de casa!» Y así, cuando volvió a quedar encinta, no soñaba sino en la hija. Y habría de llamarse Soledad. La pobre cayó en cama gravemente enferma. Su corazón desfallecía por momentos. Comprendió que no vivía sino para dar a luz su hija, hasta ponerla en el hogar tenebroso. Llamó a su marido y dijo: «Mira, Pedro, si, como espero, es hija, le pondrás por nombre Soledad, ¿eh?». «Bueno, bien –respondió él–, tiempo habrá de pensar en ello», y pensaba que aquel día, con aquello del parto, iba a perder su partida de dominó. «Es que yo me muero, Pedro, es que no voy a poder resistir esto», añadió. «¡Aprensiones!», replicó él. «Sea –contestó Amparo–; pero si sale niña, la llamaréis Soledad, ¿eh?»

«¡Bueno, sí, déjame en paz; como tú quieras!», concluyó él.

Y le dejó en paz para siempre. Después de haber dado a luz a su hija sólo tuvo tiempo para percatarse de que era niña. Y sus últimas palabras fueron: «¿Soledad, eh, Pedro? ¡Soledad!».

El hombre quedó suspenso y se habría anonadado si fuera él algo. ¡Viudo, a su edad, y con dos hijos pequeños! ¿Quién le cuidaría ahora la casa? ¿Quién se los criaría? Porque hasta que la niña se hiciese mayorcita y pudiera encargarse de las llaves y el gobierno... ¡Y cómo volver a casarse! No, no volvería a hacerlo. Ya sabía lo que era estar casado, ¡si lo hubiese sabido antes! Eso no le resolvería nada. No, decididamente no, no volvería a casarse.

Hizo que llevasen a Soledad a un pueblo, a criarla fuera de casa. No quería molestias de niños e impertinencias de nodrizas. Harto tenía con el otro, con Pedrín, el niño de tres años ya.

Soledad apenas se acordaba de los primeros años de su infancia. Allá, en la lejanía, sus últimos recuerdos eran los de aquel hogar hosco y ceniciento y aquel padre hermético, aquel hombre que comía junto a ella en la mesa y a quien veía un momento al levantarse y otro momento al ir a acostarse. Y aquellos besos litúrgicos, forzados. La única compañía era Pedrín, su hermano. Pero Pedrín jugaba con ella en el más estricto sentido, es decir, que no jugaba en compañía de ella, sino que jugaba con ella como se juega con una muñeca. Ella, Soledad, Solita, era su juguete. Y era, como hombre que había de ser, un bruto. Como eran sus puños más fuertes, quería tener siempre razón. «Vosotras, las mujeres, no servís para nada. ¡Los que mandan son los hombres!», le dijo una vez.

Era Soledad una naturaleza exquisitamente receptiva, un genio de sensibilidad. Se da con frecuencia en las mujeres este genio de la receptividad, que, como nada produce, se extingue sin que nadie lo haya conocido. Al principio acudió Soledad llorosa y herida en lo más vivo a su padre, a la esfinge, demandando justicia; pero el inflexible varón le contestaba secamente: «¡Bueno, bien, déjame en paz! ¡Daos un beso y cuidado con que esto se repita!». Así creía arreglarlo, quitándose de encima la molestia. Y acabó ello porque Soledad no volvió a quejarse a su padre de las brutalidades de su hermano, y lo soportó todo en silencio, dejando a aquél en paz y evitándose los fraternales besos de humillación.

Fue espesándose y entenebreciéndose la tristeza cenicienta de su hogar. Sólo descansaba en el colegio, en el que la metió su padre como medio pensionista para quitársela así más tiempo de encima. Allí, en el colegio, supo que sus compañeras todas tenían o habían tenido madre. Y un día, a la hora de cenar, se atrevió a molestar a su padre preguntándole: «Di, papá, ¿he tenido yo madre?». «¡Vaya una pregunta –respondió el hombre–, todos hemos tenido madre; ¿por qué lo preguntas?» «¿Y dónde está mi madre, papá?» «Se murió cuando tú naciste.» «¡Ay, qué pena!», prorrumpió Soledad. Y entonces el padre rompió por un momento su salvaje taciturnidad, le dijo cómo su madre se había llamado Amparo y le enseñó un retrato de la difunta. «¡Qué guapa era!», exclamó la niña. Y el padre añadió: «¡Sí, pero no tanto como tú!». En esta exclamación, que se le escapó, iba el fondo de una de sus petulancias; creía que el ser su hija más guapa que la madre se lo debía a él. «Y tú, Pedrín –dijo Soledad a su hermano, animada por aquel fugitivo rescoldillo de hogar–, ¿te acuerdas tú de ella?» «¡Y cómo me he de acordar si cuando murió no tenía yo más de tres años!» «Pues yo en tu caso me acordaría», fue la respuesta de la niña. «¡Claro, las mujeres sois más listas!», exclamó el hombrecito en ciernes. «No; pero sabemos recordar mejor.» «Bueno, bueno, no digas tonterías y déjame en paz.» Y se acabó el coloquio de aquella noche memorable en que Soledad supo que había tenido madre.

Y tanto dio en pensar en ella que casi la recordó. Pobló su soledad con ensueños maternales.

Fueron corriendo los años, todos iguales, todos cenicientos y tristes en aquel hogar apagado. El padre no envejecía ni podía envejecer. A las mismas horas hacía todos los días las mismas cosas, con una regularidad mecánica. Y el hermano empezó a disiparse, a dar que hablar en el pueblo. Hasta que desapareció de él; Soledad no supo adónde. Quedaron padre e hija solos, solos y separados; viviendo, es decir, comiendo y durmiendo bajo el mismo techo.

Por fin pareció que un día se le abriera el cielo a Soledad. Un gallardo mozo, que desde hacía algún tiempo la devoraba con los ojos cuando la veía en la calle, se dirigió a ella solicitando ser admitido a prueba como novio. La pobre Soledad vio que se le abría la vida, y aunque con unos ciertos presentimientos que en vano quería rechazar de sí, lo admitió. Y fue como una primavera.

Empezó Soledad a vivir, empezó más bien a nacer. Descubrióse le el sentido de muchas cosas que hasta entonces no lo tuvieran para ella; empezó a entender mucho que oyó a sus maestras y a sus compañeras de colegio, mucho que había leído. Todo parecía cantar dentro de ella. Pero a la vez descubrió toda la horrura de su hogar, y si no hubiera sido por la imagen, siempre en ella presente, de su novio, se habría arrecido allí junto a aquel hombre granítico.

Fue un verdadero deslumbramiento aquel noviazgo para la pobre Soledad. Y el padre parecía no haberse enterado de nada o no querer enterarse: ni la más leve alusión de su parte. Si al salir de casa cruzaba con el novio de su hija que se acercaba a la reja, a las horas de sabroso coloquio, hacía como que no se enteraba. La pobre Soledad tuvo más de una vez intención de insinuar algo a su padre en la mesa, a la hora de cenar; pero las palabras se le cuajaban en la boca antes de salir. Y calló, siguió callando.

Empezó Soledad a leer en libros que le traía su novio; empezó, gracias a él, a conocer el mundo. Y aquel joven no parecía hombre. Era cariñoso, alegre, abierto, irónico y hasta la contradecía a las veces. De su padre, del padre de ella, no le habló nunca.

Fue la iniciación en la vida y fue el sueño del hogar. Soledad empezó, en efecto, a soñar lo que sería un hogar, a entrever lo que eran los hogares, los verdaderos hogares de sus compañeras que lo tenían. Y este conocimiento, este sentimiento más bien, acreció en ella el horror a la madriguera en que vivía.

Y de repente, un día, cuando menos lo esperaba, vino el hundimiento. Su novio, que hacía un mes estaba ausente, le escribió una larga carta muy llena de expresiones de cariño, muy alambicadas, muy tortuosas, en que a vuelta de mil protestas de afecto le decía que aquellas sus relaciones no podían continuar. Y acababa con esta frase terrible: «Acaso llegue algún día otro que te pueda hacer feliz mejor que yo». Soledad sintió un tenebroso frío que le envolvía el alma y toda la brutalidad, toda la indecible brutalidad del hombre, es decir, del varón, del macho. Pero se contuvo devorando en silencio y con ojos enjutos su humillación y su dolor. No quería aparecer débil ante su padre, ante la esfinge.

¿Por qué? ¿Por qué la había dejado su novio? ¿Es que se había cansado de ella? ¿Por qué? ¿Es que puede un hombre cansarse de amar? ¿Cabe cansarse de amar? No, no, es que nunca la había querido. Y ella, la pobre Soledad, sedienta de amor desde que naciera, comprendió que no la había querido nunca aquel otro hombre. Y se hundió en sí misma, refugiándose en el culto a su madre, en el culto a la Virgen. Y no lloró porque su dolor no era de lágrimas; era un dolor seco y ardiente.

Una noche, a la hora de cenar, la esfinge paternal abrió la boca para decir: «¿Qué? ¡Según parece se ha acabado ya eso!». Y Soledad sintió como si le atravesasen el corazón con una espada de hielo. Se levantó de la mesa, se fue a su cuarto, y exclamando: ¡madre mía!, cayó en un espasmo convulsivo. Y desde entonces el mundo le supo a vacío.

Y pasaron dos años y una mañana se encontraron muerto en su cama al padre, a don Pedro. El corazón se le había parado. Y su hija, sola ahora en el mundo, no le lloró.

Quedó sola Soledad, enteramente sola. Y para que su soledad fuese mayor vendió cuantas fincas le dejó su padre, realizó una modestísima fortunilla, y se fue a vivir lejos, muy lejos, donde nadie la conociera y donde ella a nadie conociera.

Y ésta es esa Soledad, hoy ya casi anciana, esa mujercita sencilla y noble que veis todas las tardes ir a tomar el sol a orillas del río, esa mujercita misteriosa de la que no se sabe ni de dónde vino ni de dónde es. Ésa es la solitaria caritativa que en silencio remedia las necesidades ajenas que conoce y puede remediar; ésa es la buena mujercita a la que alguna vez se le escapa uno de esos dichos amargos, delatores del desconsuelo encallecido.

Nadie sabía su historia y se llegó a propagar la leyenda de una terrible tragedia en ella. Pero, como veis, no hay en su vida tragedia alguna representable, sino a lo más esta tragedia vulgar, vulgarísima, irrepresentable, callada, que tantas vidas humanas destroza: la tragedia de la soledad.

Sólo se recuerda que hace unos años vino en busca de Soledad un hombre avejentado, de prematura decrepitud, encorvado como bajo el peso del vicio, y a los pocos días de llegar murió en casa de la mujercita. «¡Era mi hermano!» Es lo único que a ésta se le oyó.

¿Y ahora comprendéis lo que es la soledad en un alma de mujer y de mujer sedienta de cariño y hambrienta de hogar? El hombre tiene en nuestras sociedades campos en que distraer su soledad; pero una mujer que no quiere encerrarse en un convento, ¿qué ha de hacer solitaria entre nosotros?

Esa pobre mujercita, a la que veis vagar a orillas del río, sin fin ni objeto, ha sentido toda la enorme brutalidad del egoísmo animal del hombre. ¿Qué piensa? ¿Para qué vive? ¿Qué lejana esperanza la mantiene?

He tramado relación, no digo amistad, con Soledad y he procurado sonsacarle su sentimiento total de la vida y del destino, lo que alguien llamaría su filosofía. Hasta hoy poco o nada he conseguido, mas espero conseguirlo. Todo lo que he logrado es saber su historia, la que os acabo de contar. Fuera de esto no le oído sino reflexiones llenas de buen sentido, pero de un buen sentido frío y al parecer rastrero. Es mujer de extraordinaria cultura de libros porque ha leído mucho y de una gran clarividencia. Pero lo que es sobre todo es extremadamente sensible a las groserías y brutalidades de toda clase. Vive así, solitaria y retraída, por no sufrir los empellones de la brutalidad humana.

De nosotros, los hombres, tiene una singular idea. Cuando le he sacado la conversación al respecto de los hombres, se ha limitado a exclamar: «¡Pobrecillos!». Parece que nos compadece como quien compadeciera a un cangrejo. Me ha prometido hablarme alguna vez de los hombres y del magno, del máximo, del supremo problema de la relación entre hombre y mujer. «No de la relación sexual –me dijo–, ¿eh?, entienda usted bien, no de eso, sino de la relación general entre hombre y mujer, lo mismo que sean madre e hijo, hija y padre, hermana y hermano, amiga y amigo, respectivamente, como que sean marido y mujer, novio y novia o amantes; lo importante, lo capital, es la relación general, es cómo ha de sentir un hombre a una mujer, sea su madre, su hija, su hermana, su mujer o su querida, y cómo ha de sentir una mujer a un hombre, sea su padre, su hijo, su hermano, su marido o su amante.» Y espero el día en que Soledad me hable de esto.

Una vez hablé con ella de esa profusión de libros eróticos con que ahora nos inundan, porque con la buena Soledad se puede hablar de todo cuidando de no herirla. Cuando le saqué esa conversación me miró inquisitivamente con sus grandes ojos claros, ojos eternamente juveniles, y con una sombra de sonrisa sobre su boca me preguntó: «Diga usted, ¿usted comerá? ¿No es así?». «¡Claro que como!», respondí sorprendido por la pregunta. «Pues bien, si a usted que come le sorprendiera leyendo un libro de cocina y pudiese yo mandar, le enviaría a la cocina a fregar las cacerolas.» Y no dijo más.

Al correr los años

*Eheu, fugaces, Postume,
Postume, Labuntur anni...*

Horacio, *Odas* II, 14

El lugar común de la filosofía moral y de la lírica que con más insistencia aparece, es el de cómo se va el tiempo, de cómo se hunden los años en la eternidad de lo pasado.

Todos los hombres descubren a cierta edad que se van haciendo viejos, así como descubrimos todos cada año –¡oh, portento de observación!– que empiezan a alargarse los días al entrar en una estación de él, y que al entrar en la opuesta, seis meses después, empiezan a acortarse.

Esto de cómo se va el tiempo sin remedio y de cómo en su andar lo deforma y trasforma todo, es meditación para los días todos del año; pero parece que los hombres hemos consagrado a ella en especial el último de él, y el primero del año siguiente, o cómo se viene el tiempo. Y se viene como se va, sin sentirlo. Y basta de perogrulladas.

¿Somos los mismos de hace dos, ocho, veinte años? Venga el cuento.

Juan y Juana se casaron después de largo noviazgo, que les permitió conocerse, y más bien que conocerse, hacerse el uno al otro. Conocerse no, porque dos novios, lo que no se conocen en ocho días no se conocen tampoco en ocho años, y el tiempo no hace sino echarles sobre los ojos un velo –el denso velo del cariño– para que no se descubran mutuamente los defectos o, más bien, se los convierten a los encantados ojos en virtudes.

Juan y Juana se casaron después de un largo noviazgo y fue como continuación de éste su matrimonio.

La pasión se les quemó como mirra en los trasportes de la luna de miel, y les quedó lo que entre las cenizas de la pasión queda y vale mucho más que ella: la ternura. Y la ternura en forma de sentimiento de la convivencia.

Siempre tardan los esposos en hacerse dos en una carne, como el Cristo dijo (Marcos X, 8). Mas cuando llegan a esto, coronación de la ternura de convivencia, la carne de la mujer no enciende la carne del hombre, aunque ésta de suyo se encienda; pero también, si cortan entonces la carne de ella, duélele a él como si la propia carne le cortasen. Y éste es el colmo de la convivencia, de vivir dos en uno y de una misma vida. Hasta el amor, el puro amor, acaba casi por desaparecer. Amar a la mujer propia se convierte en amarse a sí mismo, en amor propio, y esto está fuera de precepto; pues si se nos dijo «ama a tu prójimo como a ti mismo», es por suponer que cada uno, sin precepto, a sí mismo se ama.

Llegaron pronto Juan y Juana a la ternura de convivencia, para la que su largo noviciado al matrimonio les preparara. Y a las veces, por entre la tibieza de la ternura, asomaban llamaradas del calor de la pasión.

Y así corrían los días.

Corrían y Juan se amohinaba e impacientaba en sí al no observar señales del fruto esperado. ¿Sería él menos hombre que otros hombres a quienes por tan poco hombres tuviera? Y no os sorprenda esta consideración de Juan, porque en su tierra, donde corre sangre semítica, hay un sentimiento demasiado carnal de la virilidad. Y secretamente, sin decírselo el uno al otro, Juan y Juana sentían cada uno cierto recelo hacia el otro, a quien culpaban de la presunta frustración de la esperanza matrimonial.

Por fin, un día Juana le dijo algo al oído a Juan –aunque estaban solos y muy lejos de toda otra persona, pero es que en casos tales se juega al secreteo–, y el abrazo de Juan a Juana fue el más apretado y el más caluroso de cuantos abrazos hasta entonces le había dado. Por fin, la convivencia triunfaba hasta en la carne, trayendo a ella una nueva vida.

Y vino el primer hijo, la novedad, el milagro. A Juan le parecía casi imposible que aquello, salido de su mujer, viviese, y más de una noche, al volver a casa, inclinó su oído sobre la cabecita del niño, que en su cuna dormía, para oír si respiraba. Y se pasaba largos ratos con el libro abierto delante, mirando a Juana cómo daba la leche de su pecho a Juanito.

Y corrieron dos años y vino otro hijo, que fue hija –pero, señor, cuando se habla de masculinos y femeninos, ¿por qué se ha de aplicar a ambos aquel género y no éste?– y se llamó Juanita, y ya no le pareció a Juan, su padre, tan milagroso, aunque tan doloroso le tembló al darlo a luz a Juana, su madre.

Y corrieron años, y vino otro, y luego otro, y más después otro, y Juan y Juana se fueron cargando de hijos. Y Juan sólo sabía el día del natalicio del primero, y en cuanto a los demás, ni siquiera hacia qué mes habían nacido. Pero Juana, su madre, como los contaba por dolores, podía situarlos en el tiempo. Porque siempre guardamos en la memoria mucho mejor las fechas de los dolores y desgracias que no las de los placeres y venturas. Los hitos de la vida son dolorosos más que placenteros.

Y en este correr de años y venir de hijos, Juana se había convertido de una doncella fresca y esbelta en una matrona otoñal cargada de carnes, acaso en exceso. Sus líneas se habían deformado en grande, la flor de la juventud se le había ajado. Era todavía hermosa, pero no era bonita ya. Y su hermosura era ya más para el corazón que para los ojos. Era una hermosura de recuerdos, no ya de esperanzas.

Y Juana fue notando que a su hombre Juan se le iba modificando el carácter según los años sobre él pasaban, y hasta la ternura de la convivencia se le iba entibiando. Cada vez eran más raras aquellas llamaradas de pasión que en los primeros años de hogar estallaban de cuando en cuando de entre los rescoldos de la ternura. Ya no quedaba sino ternura.

Y la ternura pura se confunde a las veces casi con el agradecimiento, y hasta confina con la piedad. Ya a Juana los besos de Juan, su hombre, le parecían, más que besos a su mujer, besos a la madre de sus hijos, besos empapados en gratitud por habérselos dado tan hermosos y buenos, besos empapados acaso en piedad por sentirla declinar en la vida. Y no hay amor verdadero y hondo, como era el amor de Juana a Juan, que se satisfaga con agradecimiento ni con piedad. El amor no quiere ser agradecido ni quiere ser compadecido. El amor quiere ser amado porque sí, y no por razón alguna, por noble que ésta sea.

Pero Juana tenía ojos y tenía espejo por una parte, y tenía, por otra, a sus hijos. Y tenía, además, fe en su marido, y respeto a él. Y tenía, sobre todo, la ternura que todo lo allana.

Mas creyó notar preocupado y mustio a su Juan, y a la vez que mustio y preocupado, excitado. Parecía como si una nueva juventud le agitara la sangre en las venas. Era como si al empezar su otoño, un veranillo de San Martín hiciera brotar en él flores tardías que habría de helar el invierno.

Juan estaba, sí, mustio; Juan buscaba la soledad; Juan parecía pensar en cosas lejanas cuando su Juana le hablaba de cerca; Juan andaba distraído. Juana dio en observarle y en meditar, más con el corazón que con la cabeza, y acabó por descubrir lo que toda mujer acaba por descubrir siempre que fía la inquisición al corazón y no a la cabeza: descubrió que Juan andaba enamorado. No cabía duda alguna de ello.

Y redobló Juana de cariño y de ternura y abrazaba a su Juan como para defenderlo de una enemiga invisible, como para protegerlo de una mala tentación, de un pensamiento malo. Y Juan, medio adivinando el sentido de aquellos abrazos de renovada pasión, se dejaba querer y redoblaba ternura, agradecimiento y piedad, hasta lograr reavivar la casi extinguida llama de la pasión que del todo es inextinguible. Y había entre Juan y Juana un secreto patente a ambos, un secreto en secreto confesado.

Y Juana empezó a acechar discretamente a su Juan buscando el objeto de la nueva pasión. Y no lo hallaba. ¿A quién, que no fuese ella, amaría Juan?

Hasta que un día, y cuando él y donde él, su Juan, menos lo sospechaba, lo sorprendió, sin que él se percatara de ello, besando un retrato. Y se retiró angustiada, pero resuelta a saber de quién era el retrato. Y fue desde aquel día una labor astuta, callada y paciente, siempre tras el misterioso retrato, guardándose la angustia, redoblando de pasión, de abrazos protectores.

¡Por fin! Por fin un día aquel hombre prevenido y cauto, aquel hombre tan astuto y tan sobre sí siempre, dejó –¿sería adrede?–, dejó al descuido la cartera en que guardaba el retrato. Y Juana, temblorosa, oyendo las llamadas de su propio corazón que le advertía, llena de curiosidad, de celos, de compasión, de miedo y de vergüenza, echó mano a la cartera. Allí, allí estaba el retrato; sí, era aquél, aquél, el mismo, lo recordaba bien. Ella no lo vio sino por el revés cuando su Juan lo besaba apasionado, pero aquel mismo revés, aquel mismo que estaba entonces viendo.

Se detuvo un momento, dejó la cartera, fue a la puerta, escuchó un rato y luego la cerró. Y agarró el retrato, le dio la vuelta y clavó en él los ojos.

Juana quedó atónita, pálida primero y encendida de rubor después; dos gruesas lágrimas rodaron de sus ojos al retrato y luego las empujó besándolo. Aquel retrato era un retrato de ella, de ella misma, sólo que...,

¡ay, Póstumo, cuán fugaces corren los años! Era un retrato de ella cuando tenía veintitrés años, meses antes de casarse, era un retrato que Juana dio a su Juan cuando eran novios.

Y ante el retrato resurgió a sus ojos todo aquel pasado de pasión, cuando Juan no tenía una sola cana y era ella esbelta y fresca como un pimpollo.

¿Sintió Juana celos de sí misma? O mejor, ¿sintió la Juana de los cuarenta y cinco años celos de la Juana de los veintitrés, de su otra Juana? No, sino que sintió compasión de sí misma, y con ella, ternura, y con la ternura, cariño.

Y tomó el retrato y se lo guardó en el seno.

Cuando Juan se encontró sin el retrato en la cartera, receló algo y se mostró inquieto.

Era una noche de invierno y Juan y Juana, acostados ya los hijos, se encontraban solos junto al fuego del hogar; Juan leía un libro; Juana hacía labor. De pronto Juana dijo a Juan:

—Oye, Juan, tengo algo que decirte.

—Di, Juana, lo que quieras.

Como los enamorados, gustaban de repetirse uno a otro el nombre.

—Tú, Juan, guardas un secreto.

—¿Yo? ¡No!

—Te digo que sí, Juan.

—Te digo que no, Juana.

—Te lo he sorprendido, así es que no me lo niegues, Juan.

—Pues, si es así, descúbremelo.

Entonces Juana sacó el retrato, y alargándoselo a Juan, le dijo con lágrimas en la voz:

—Anda, toma y bésalo, bésalo cuanto quieras, pero no a escondidas.

Juan se puso encarnado, y apenas repuesto de la emoción de sorpresa, tomó el retrato, lo echó al fuego y acercándose a Juana y tomándola en sus brazos y sentándola sobre sus rodillas, que temblaban, le dio un largo y apretado beso en la boca, un beso en que la plenitud de la ternura refloreció la pasión primera. Y sintiendo sobre sí el dulce peso de aquella fuente de vida, de donde habían para él brotado con nueve hijos más de veinte años de dicha reposada, le dijo:

—A él no, que es cosa muerta y lo muerto al fuego; a él no, sino a ti, a ti, mi Juana, mi vida, a ti que estás viva y me has dado vida, a ti.

Y Juana, temblando de amor sobre las rodillas de su Juan, se sintió volver a los veintitrés años, a los años del retrato que ardía calentándolos con su fuego.

Y la paz de la ternura sosegada volvió a reinar en el hogar de Juan y Juana.

La beca

«Vuelva usted otro día...» «¡Veremos!» «Lo tendré en cuenta.» «Anda tan mal esto...» «Son ustedes tantos...» «¡Ha llegado usted tarde, y es lástima!» Con frases así se veía siempre despedido don Agustín, cesante perpetuo. Y no sabía imponerse ni importunar, aunque hubiese oído mil veces aquello de «pobre porfiado, saca mendrugo».

A solas hacía mil proyectos, y se armaba de coraje, y se prometía cantarle al lucero del alba las verdades del barquero; mas cuando veía unos ojos que le miraban, ya estaba engurruñéndosele el corazón. «¿Pero por qué seré así, Dios mío?», se preguntaba, y seguía siendo así, como era, ya que sólo de tal modo podía ser él el que era.

Y por debajo gustaba un extraño deleite en encontrarse sin colocación y sin saber dónde encontraría el duro para el día siguiente. La libertad es mucho más dulce cuando se tiene el estómago vacío, digan lo que quieran los que no se han encontrado con la vida desnuda. Éstos sólo conocen las vestiduras de la vida, sus arreos, no la vida misma, pelada y desnuda.

El hijo, Agustinito, desmirriado y enteco, con unos ojillos que le bailaban en la cara pálida, era la misma pólvora. Las cazaba al vuelo.

—Es nuestra única esperanza —decía la madre, arrebujada en su mantón, una noche de invierno— que haga oposición a una beca, y tendremos las dos pesetas mientras estudie..., ¡porque esto de vivir así, de caridad...! ¡Y qué caridad, Dios mío! ¡No, no creas que me quejo, no! Las señoras son muy buenas; pero...

—Sí; que, como dice Martín, en vez de ejercer caridad se dedican al deporte de la beneficencia.

—No, eso no; no es eso.

—Te lo he oído alguna vez; es que parece que al hacer caridad se proponen avergonzar al que la recibe. Ya ves lo que nos decía la lavandera al contarnos cuando les dieron de comer en Navidad y les servían las señoritas..., «esas cosas que hacen las señoritas para sacarnos los colores a la cara...».

—Pero hombre...

—Sé franca y no tengas secretos conmigo. Comprendes que nos dan limosna para humillarnos...

En las noches de helada no tenían para calentarse ni aun el fuego de la cocina, pues no le encendían. Era el suyo un hogar apagado.

El niño lo comprendía todo y penetraba en el alcance todo de aquel continuo estribillo de «¡Aplícate, Agustinito, aplícate!».

Ruda fue la brega en las oposiciones a la beca; pero la obtuvo, y aquel día, entre lágrimas y besos, se encendió el fuego del hogar.

A partir del día este del triunfo acentuose en don Agustín su vergüenza de ir a pretender puesto; aunque poco y mal, comían de lo que el hijo cobraba, y con algo más, trabajando el padre acá y allá de temporero, iban saliendo, mal que bien, del afán de cada día. ¿No se ha dicho lo de «bástele a cada día su cuidado», y no lo traducimos diciendo que «no por mucho madrugar amanece más temprano»? Y si no amanece más temprano por mucho madrugar, lo mejor es quedarse en la cama. La cama adormece las penas. Por algo los médicos dicen que el reposo lo cura todo.

—¡Agustín, los libros! ¡Los libros! ¡Mira que eres nuestro casi único sostén, que de ti depende todo... Dios te lo premie! —decía la madre.

Y Agustinito, ni comía, ni dormía, ni descansaba a su sabor; ¡siempre sobre los libros! Y así se iba envenenando el cuerpo y el espíritu: aquél, con malas digestiones y peores sueños, y éste, el espíritu, con cosas no menos indigeribles que sus profesores le obligaban a engullir. Tenía que comer lo que hubiera, y tenía que estudiar lo que le diese en el examen la calificación obligada para no perder la beca.

Solía quedarse dormido sobre los libros, a guisa éstos de almohada, y soñaba con las vacaciones eternas. Tenía que sacar además premios para ahorrarse las matrículas del curso siguiente.

—Voy a ver a don Leopoldo, Agustinito; a decirle que necesitas el sobresaliente para poder seguir disfrutando la beca...

—No; no haga eso, madre, que es muy feo...

—¿Feo? ¡Ante la necesidad nada hay que sea feo, hijo mío!

–Pero si sacaré sobresaliente, madre; si lo sacaré.
–¿Y el premio?
–También el premio, madre.
–Dios te lo premie, hijo mío.

Hallábase obligado a sacar el premio, obligado, que es una cosa verdaderamente terrible.

–Mira, Agustinito, don Alfonso, el de Patología médica, está enfermo; debes ir a su casa a preguntar cómo sigue...

–No voy, madre; no quiero ser *pelotillero*.

–Ser ¿qué?

–¡Pelotillero!

–Bueno; no sé lo que es eso; pero te lo entiendo, y los pobres, hijo mío, tenemos que ser pelotilleros. Nada de aquello de «pobre, pero orgulloso», que es lo que más nos pierde a los españoles...

–Pues no voy.

–Bien; iré yo.

–No; tampoco irá usted.

–Bueno; no quieres que sea pelotillera..., pues no iré; pero, hijo mío...

–Sacaré el sobresaliente, madre.

Y lo sacaba el desdichado; pero ¡a qué costa! Una vez no sacó más que notable y hubo que ver la cara que pusieron sus padres.

–Me tocaron tan malas lecciones...

–No, no, algo le has hecho... –dijo el padre.

Y la madre añadió:

–Ya te lo decía yo... Has descuidado mucho esa asignatura...

El mes de mayo le era terrible. Solía quedarse dormido sobre los libros, teniendo la cafetera al lado. Y la madre, que se levantaba solícita de la cama, iba a despertarle, y le decía:

—Basta por hoy, hijo mío; tampoco conviene abusar... Además, te rinde el sueño y se malgasta el petróleo. Y no estamos para eso.

Cayó enfermo y tuvo que guardar cama; le consumía la fiebre. Y los padres se alarmaron, se alarmaron del retraso que aquella enfermedad podía costarle en sus estudios; tal vez le durara la dolencia y no podría examinarse con seguridad de nota, y le quedaría el pago de la beca en suspenso.

El médico auguró a los padres que duraría aquello, y los padres, angustiados, le preguntaban: «¿Pero podrá examinarse en junio?».

—Déjense de exámenes, que lo que este mozo necesita es comer mucho y estudiar poco, y aire, mucho aire...

—¡Comer mucho y estudiar poco! —exclamó la madre—; ¡pero, señor, si tiene que estudiar mucho para poder comer poco!...

—Es un caso de *surmenage*.

—De *sur* ¿qué?

—De *surmenage*, señora; de exceso de trabajo.

—¡Pobre hijo mío! —y rompió a llorar la madre—. ¡Es un santo..., un santo!

Y el santo fue reponiéndose, al parecer, y cuando pudo tenerse en pie pidió los libros, y la madre, al llevárselos, exclamó:

—¡Eres un santo, hijo mío!

Y a los tres días:

—Mira: hoy que está mejor tiempo puedes salir; vete a clase bien abrigado, ¿eh?, y dile a don Alfonso cómo has estado enfermo, y que te lo dispense...

Al volver de clase dijo:

—Me ha dicho don Alfonso que no vuelva hasta que esté del todo bien.

—Pero, ¿y el sobresaliente, hijo mío?

—Lo sacaré.

Y los sacó, y vio las vacaciones, su único respiro. «¡Al campo!», había dicho el médico. ¿Al campo? ¿Y con qué dinero? Con dos pesetas no se hacen milagros. ¿Iba a privarse don Agustín, el padre, de su café diario, del único momento en que olvidaba penas? Alguna vez intentó dejarlo; pero el hijo modelo le decía:

—No, no; vete al café, padre; no lo dejes por mí; ya sabes que yo me paso con cualquier cosa...

Y no hubo campo, porque no pudo haberlo. No recostó el pobre mozo su cansado pecho sobre el pecho vivificante de la madre Tierra; no restregó su vista en la verdura, que siempre vuelve, ni restregó su corazón en el olvido reconfortante.

Y volvió el curso, y con él la dura brega, y volvió a encamar el becario, y una mañana, según estudiaba, le dio un golpe de tos y se ensangrentaron las páginas del libro por el sitio en que se trataba de la tisis precisamente.

Y el pobre muchacho se quedó mirando al libro, a la mancha roja, y más allá de ella, al vacío, con los ojos fijos en él y el frío de la desesperación acoplada en el alma. Aquello le sacó a flor de alma la tristeza eterna, la tristeza trascendental, el hastío prenatal que duerme en el fondo de todos nosotros, y cuyo rumor de carcoma tratamos de ahogar con el trajineo de la vida.

—Hay que dejar los libros en seguida —dijo el médico en cuanto le vio—; ¡pero en seguidita!

—¡Dejar los libros! —exclamó don Agustín—. ¿Y con qué comemos?

—Trabaje usted.

—Pues si busco y no encuentro, si...

—Pues si se les muere, por su cuenta...

Y el rudo de don José Antonio se salió mormojeando: «¡Vaya un crimen! Éste es un caso de antropofagia..., estos padres se comen a su hijo».

Y se lo comieron, con ayuda de la tisis; se lo comieron poco a poco, gota a gota, adarme a adarme.

Se lo comieron vacilando entre la esperanza y el temor, amargándoles cada noche el sacrificio y recomenzándolo cada mañana.

¿Y qué iban a hacer? El pobre padre andaba apesadumbrado, lleno de desesperación mansa. Y mientras revolvía el café con la cucharilla para derretir el terrón de azúcar se decía: «¡Qué amarga es la vida! ¡Qué miserable la sociedad! ¡Qué cochinos los hombres! Ahora sólo nos faltaba que se nos muriera...». Y luego, en voz alta: «Mozo: ¡el *Vida Alegre!*».

Aun llegó el chico a licenciarse y tuvo el consuelo de firmar en el título, de firmar su sentencia de muerte con mano trémula y febril. Pidió luego un libro, una novela.

—¡Oh, los libros, siempre los libros! —exclamó la madre—. Déjalos ahora. ¿Para qué quieres saber tanto? ¡Déjalos!

—A buena hora, madre.

—Ahora a descansar un poco y a buscar un partido...

—¿Un partido?

—Sí; he hablado con don Félix, y me ha prometido recomendarte para Robleda.

A los pocos días se iba Agustinito, para siempre, a las vacaciones inacabables, con el título bajo la almohada –fue un capricho suyo– y con un libro en la mano; se fue a las vacaciones eternas. Y sus padres le lloraron amargamente.

–Ahora, ahora que iba a empezar a vivir; ahora que nos iba a sacar de miserias; ahora... ¡Ay, Agustín, qué triste es la vida!

–Sí, muy triste –murmuró el padre, pensando que en una temporada no podría ir al café.

Y don José Antonio, el médico, me decía después de haberme contado el suceso: «Un crimen más, un crimen más de los padres... ¡Estoy harto de presenciarlos! Y luego nos vendrán con el derecho de los padres y el amor paternal... ¡Mentira!, ¡mentira!, ¡mentira! A las más de las muchachas que se pierden son sus madres quienes primero las vendieron... Esto entre los pobres, y se explica, aunque no se justifique. ¿Y los otros? No hace aún tres días que González García casó a su hija con un tísico perdido, muy rico, eso sí, con más pesetas que bacilos, ¡y cuidado que tiene una millonada de éstos!, y la casó a conciencia de que el novio está con un pie en la sepultura; entra en sus cálculos que se le muera el yerno, y luego el nieto que pueda tener, de meningitis o algo así, y luego... Y para este padre que se permite hablar de moralidad, ¿no hay grillete? Y ahora, este pobre chico, esta nueva víctima... Y seguiremos considerando al Estado como un hospicio, y vengan sobresalientes, y canibalismo... ¡canibalismo, sí, canibalismo! Se lo han comido y se lo han bebido; le han comido la carne, le han bebido la sangre..., y a esto de comerse los padres a un hijo,

¿cómo lo llamaremos, señor helenista? *Gonofagía,* ¿no es así? Sí; gonofagía, gonofagía, porque llamando a las cosas en griego pierden no poco del horror que pudieran tener. Recuerdo cuando me contó usted lo de los indios aquellos de que habla Heródoto, que sepultaban a sus padres en sus estómagos, comiéndoselos. La cosa es terrible; pero más terrible aún es lo de Saturno devorando a sus propios hijos; más terrible aún es el festín de Atreo. Porque el que uno se coma al pasado, sobre todo si ese pasado ha muerto, puede aún pasar; ¡pero esto de comerse al porvenir...!

»Y si usted observa, verá de cuántas maneras nos lo estamos comiendo, ahogando en germen los más hermosos brotes. Hubiera usted visto la triste mirada del pobre estudiante, aquellos ojos, que parecían mirar más allá de las cosas, a un incierto porvenir, siempre futuro y siempre triste, y luego aquel padre, a quien no le faltaba su café diario. Y hubiera visto su dolor al perder al hijo, dolor verdadero, sentido, sincero –no supongo otra cosa–; pero dolor que tenía debajo de su carácter animal, de instinto herido, algo de frío, de repulsivo, de triste. Y luego esos libros, esos condenados libros, que en vez de servir de pasto sirven de veneno a la inteligencia; esos malditos libros de texto, en que se suele enfurtir todo lo más ramplón, todo lo más pedestre, todo lo más insufrible de la Ciencia, con designios mercantiles de ordinario...».

Calló el médico, y callé yo también. ¿Para qué hablar?

Pasado algún tiempo me dijeron que Teresa Martín, la hija de don Rufo, se iba monja. Y al manifestar mi extrañeza por ello, me añadieron que había sido novia de Agustín Pérez, el becario, y que desde la muerte de éste se hallaba inconsolable.

Pensaba haberse casado en cuanto tuviera partido.

—¿Y los padres? —se me ocurrió argüir.

Y al contar yo luego al que me trajo esa noticia la manera como sus padres se lo habían comido, me replicó inhumanamente:

—¡Bah! De no haberle comido sus padres, habríale comido su novia.

—¿Pero es —exclamé entonces— que estamos condenados a ser comidos por uno o por otro?

—Sin duda —me replicó mi interlocutor, que es hombre aficionado a ingeniosidades y paradojas—, sin duda, ya sabe usted aquello de que en este mundo no hay sino comerse a los demás o ser comido por ellos, aunque yo creo que todos comemos a los otros y ellos nos comen. Es un devoramiento mutuo.

—Entonces vivir solo —dije.

Y me replicó:

—No logrará usted nada, sino que se comerá a sí mismo, y esto es lo más terrible, porque al placer de devorarse se junta el dolor de ser devorado, y esta fusión en uno del placer y el dolor es la cosa más lúgubre que puede darse.

—Basta —le repliqué.

¡Viva la introyección!

«Lo que nos hace falta, españoles, es la introyección, el más preciado, el más fecundo, el más santo de los derechos humanos. ¿Cómo podemos vivir sin él? Sin la libertad de introyección, todas las demás libertades nos resultarán baldías y hasta dañosas. Dañosas, sí, porque hay libertades que, faltando otras que las complementen, antes perjudican que benefician al hombre. ¿De qué nos sirven, en efecto, la libertad de asociación, la de imprenta, la de cultos, la de trabajo, la de vagancia y tantas otras libertades de que dicen gozamos, si la libertad de introyección nos falta? Sin esta imprescindible prerrogativa el sufragio universal y el Jurado se convierten en armas de la vergonzante tiranía que nos domina. Y no me digan, no, que tenemos la libertad de introspección, porque la introspección no es la introyección, como la autonomía no es la autarquía. Pongámonos, ante todo, de acuerdo en las palabras, llamemos a cada cosa por su nombre: al pan, pan, y al vino, vino, arquitrabe, al arquitrabe, introyección a la introyección y tiranía a este abigarrado conjunto de hueras e incompletas libertades en que se nos ahoga. La palabra, ¡oh, la palabra, señores, la palabra...!»

Al llegar a este punto de su elocuentísimo discurso, la palabra de Lucas Gómez fue ahogada en los nutridos aplausos del numeroso público que asistía a la reunión. El hervor de los ánimos subió de punto y los ¡viva don Lucas Gómez! se confundieron con los vivas a la libertad de introyección.

Salió la gente convencida de cuán necesario es introyeccionarse y de cómo los gobiernos que padecemos nos lo impiden. Empezaron los españoles a sentir hambre y sed de introyección.

Hay que tener en cuenta que esto ocurría hacia 1981, pues hoy, a fines de este tristísimo siglo XXI, una vez gastada la introyección en puro uso, no nos damos clara cuenta de los entusiasmos que entonces provocara.

El caso es que la agitación creció como la marea; formose una liga introyeccionista, con su Directorio y sus delegaciones provinciales, poniendo así en aprieto al gobierno. En tan grave aprieto, que se vio forzado a dimitir, exigiendo la ola popular a los radicales, con el tácito pacto de implantar desde luego la libertad de introyección.

Mas sabido es lo que son y han sido siempre nuestros gobiernos: cuando no quieren, o no pueden, o no saben cumplir lo que la opinión pública les exige, lo falsean todo. Es hoy cosa averiguada como cierta, y que he podido comprobar revisando papeles de aquel tiempo, que alquilaron a un famoso sofista, cuyo nombre está en la memoria de todos mis lectores, para que desnaturalizara el popular movimiento. Como dato curioso podemos dar el de que los gastos, no pequeños, que el sofista costó al Gobierno, los justificó éste en la consignación del material como gastos para la refrigeración de las oficinas en aquel calurosísimo estío de 1982.

Nuestro sofista comenzó su campaña fingiéndose introyeccionista o introyectivo, como él se llamaba, para empezar así confundiendo a la gente sencilla. Y luego, después de establecer entre la introyección, la introspección, la introquisición y la introversión tales y tantas diferencias que nadie sabía lo que fuera cada una de estas tan importantes funciones, se preguntaba: «esta introyección ¿ha de ser psíquica o anímica; espontánea, reflexiva o refleja; primaria o secundaria?». Y consiguió su maquiavélico proyecto, logrando que al poco tiempo se dividieran los introyeccionistas en psíquicos, anímicos, espontáneos, reflexivos, reflejos, primarios y secundarios, con multitud de matices, términos medios y términos combinados. Y allí nadie se entendía.

Mas no faltaron hombres animosos, avisados y entusiastas que denunciaran la vergonzosa labor del sofista introyectivo, pusieran al descubierto sus mezquinas mañas y tretas, y trataran de reparar en lo hacedero el desmedido daño que a la causa introyeccionista había hecho. Redactaron unas bases, creo que orgánicas –aunque de esto no estamos bien seguros–, para llevar a cabo la gran concentración introyeccionista, reduciendo a común fórmula a las distintas fracciones. Los menos reductibles entre sí fueron los reflexivos y los reflejos, entre los que mediaban hondísimas diferencias, consecuencia de las que separaban a sus respectivos jefes don Martín Fernández y L. Fernando Martínez, los primarios y los secundarios hacía tiempo ya que estaban fusionados bajo la común denominación de primo-secundarios, habiéndose adoptado ésta y no la de secundo-primarios, a cambio de que el jefe de los secundarios lo fuese de la fracción compuesta, porque en política todo es transacción.

Todos sabemos lo que ocurrió después; las empeñadísimas campañas de la concentración, los brillantísimos discursos de Lucas Gómez y el ansia loca de introyección que se encendió en los corazones españoles todos. Llegó a ser inútil la libertad de pensamiento, pues nadie pensaba más que en la introyección; inútil la libertad de enseñanza, ya que no pudiese hacerse introyectiva la enseñanza; inútil la de cultos si no cabía cultivar la introyección; inútil la de asociación desde el momento en que no era dado asociarse para introyeccionarse mutuamente; inútil la de trabajo si no se podía trabajar introyectivamente.

Y sucedió lo que no podía por menos de suceder, y es que llegó la revolución de 1989, y después de aquellas tres breves, aunque sangrientas jornadas del 5, 6 y 7 de febrero, triunfó el introyeccionismo, empuñando Lucas Gómez las riendas del Estado.

Lo primero que el Gobierno revolucionario hizo fue proclamar a los cuatro vientos la libertad de introyección. Y sucedió entonces lo que era de esperar, y fue que mientras se renovaban las empeñadas peleas entre psíquicos, anímicos, espontáneos, reflejos, reflexivos, primarios y secundarios, lo que entonces se llamaba masa neutra, y la sociología moderna llama plasma sociogerminativo, sintió una extraña sensación colectiva, se miraron unos a otros en los ojos sus miembros componentes, y se preguntaron luego con curiosidad y asombro: Y ahora bien, ¿qué es eso de la introyección y con qué se come?

Hoy no necesitamos hacernos tal pregunta; la dolorosa experiencia del último tercio del siglo XX, hasta que ocurrió la salvadora conjugación hispanomarroquí –de que hablaremos otro día–, nos enseñó, bien a nuestro pesar, lo que la introyección sea y signifique.

¿Por qué ser así?

Era terrible, verdaderamente terrible. Si aquello se prolongaba no respondería de sí mismo. «Pero, ¡Dios mío! –se decía–, ¿por qué soy así? ¿Por qué soy como soy? Todo se me vuelven propósitos de energía, que se me disipan en nieblas así que afronto la realidad.»

Desde niño había guardado el pobre José sus indomables resoluciones en lo más hondo de su alma, entregando al mundo aquella debilidad que le valía fama de bueno, fama que le estaba dando no poco que sufrir. Porque era bueno, positivamente bueno, y si no había estallado más de una vez fue por bondad y reflexión: estaba seguro de ello. Tenía plena conciencia de que más de una vez habría dado que sentir, a no ser porque sobre todo tendía a sujetar al bruto bajo el ángel. Y la gente, que sólo juzga por las apariencias, confundía su bondad con la impotencia. ¡Hasta que estallase un día...!

Era ya tiempo de estallar. No se trataba de él sólo, sino de sus hijos y de su mujer, del porvenir de los que le estaban encomendados. Un padre de familia no puede aspirar a santo, ni dejar además la capa al que le ponga pleito queriendo quitarle la ropa. Eso de no resistir al malo estaba bien para los frailes. ¿Es compatible la más alta perfección cristiana con las necesidades de la familia? No podía hacer a sus hijos víctimas de su bondad, tenía que azuzar por un momento al bruto que en él dormía. Ahora verían quién era él, José el manso, el paciente.

Había pasado una noche angustiosa, pensando en las deudas que le vencían sin tener con qué responderlas... Es decir, sí; tenía con qué, pero repartido entre deudores. ¿Hay cosa más terrible que verse atosigado de deudas cuando los créditos exceden a ellas? Y no podía decir a sus acreedores que le perdonaran como perdonaba él a sus deudores, porque un acreedor no es perfecto como nuestro Padre que está en los cielos. Se armó de valor, encasquetose el sombrero y salió a cobrar lo suyo.

Iba componiendo, palabra por palabra, y repitiéndola por vía de ensayo, la tremenda filípica que endilgaría al primer deudor con quien topase, cuando la visión a lo lejos de uno de los más mansos le desvaneció los ímpetus, le hizo latir el corazón y le obligó a desviarse por una calleja murmurando: «Pero, señor, ¿por qué soy así?». No tenía bien estudiado su papel y aquel encuentro inopinado le privó de aplomo.

Acordose de sus hijos y de su mujer, de su dinero esparcido, y lleno de valor subió a casa de otro de sus deudores. Subía despacito, contando las escaleras; en cada tramo las palpitaciones cardíacas le obligaban a descansar; miró tres o cuatro veces al reló; llegó a la puerta, y al oír pasos dentro, pálido y sin haber llamado, bajó las escaleras más que de prisa. Los pasos habían sido de él, de Eustaquio... ¡No le dejaban tiempo de prepararse, le sorprendían antes de haberse puesto en guardia!

Iba midiendo el santo suelo y diciéndose: «Pero, ¿por qué soy así?», cuando le heló una voz que decía a sus espaldas: «¡Hola, José!». El más complaciente de sus deudores le alargaba la mano vacía, que José estrechó enternecido de vergüenza. Hablaron de mil cosas indiferentes, aludió el otro a aquella dichosa letra que siempre que topaba a José estaba por llegar, preguntole si por casualidad llevaba cinco duros; contestole éste que por providencia no los tenía a mano, se la alargó el otro vacía y le despidió diciéndole: «De lo otro no me olvido...».

–¡Que no se olvida...! ¡Es un consuelo!

Pasó al poco tiempo José por junto al café en que tomaba su tacita en los tiempos dichosos en que disponía de una peseta sobrante.

¿Si estaría allí alguno de sus amigos? Entró. Allí estaba Ricardo, tan orondo, tomando su café, con copa y puro.

–Con mi dinero –murmuró José–. Me privo yo de tomarlo para que lo tome él. ¡Habrase visto...! Nada, nada, que yo soy así...

Se acercó a Ricardo, que con mil zalemas exclamó al verle:

–¡Dichosos ojos...! ¡Cualquiera te echa la vista encima! ¿Qué quieres tomar?

–¡Oh, gracias, muchas gracias! Nada, nada..., no acostumbro... Ya sabes que no...

—Anda, hombre, toma algo, que yo te convido.
—No, no, gracias.
—Bueno, tú te lo pierdes...

Le daba pena que Ricardo le gastara su dinero en convidarle a él con lo suyo... ¡Oh, no! Y el pobre, encogido, avergonzado, miraba a la taza de Ricardo por no tropezar con la inquisidora mirada del mozo.

Al rato de charla, pretextando un asuntillo, se levantó José, e iba a salir ya cuando Ricardo le dijo:

—Tenemos pendiente aquello... No creas que lo olvido; un día de éstos pasaré por tu casa. No lo echo en saco roto.

«¡Que no lo echa en saco roto...! ¿Dónde saco más roto que un café?» Al entrar en casa saliéronle a recibir sus hijos.

—Papá, ¿no traes aquello que dijiste el otro día?

—¡Otro día, queridos, otro día...! Hoy estoy malo, otro día..., cuando Ricardo o Eustaquio pasen por aquí...

—¿Te duele algo, papá?

Su mujer le llevó la cuenta del sastre; tomola José, se encerró en su cuarto, y mirando a la cuenta lloró por dentro.

«Pero, Dios mío, ¿por qué seré yo así? ¿Por qué me habrá hecho así Dios? ¿Por qué no seré yo otro...? Dice que pasará por casa... ¡Qué chirigotero es! En el número próximo de *El Mundo Cómico* no dejará de hacer algún chiste a cuenta de mí. Los maridos buenos, las suegras, los *ingleses* y los maestros de escuela divertimos al mundo como los perros a los chiquillos. ¡Tírale, tírale del rabo, verás, verás como chilla! ¡No tengas miedo, anda, que no muerde, ni siquiera ladra...! Y el muy chirigotero con qué gracia me dice: ¡Qué bueno eres, José!, mientras así, como por caricia, me da un golpecito en el bolsillo, a ver si suena... ¡Socialismo, socialismo! ¡Lucha de clases! ¡Burgueses y proletarios! ¡Explotadores y explotados...! ¡Música celestial! No hay mas que dos clases, dos tan sólo: la de los acreedores y la de los deudores. ¿Y cuando, como a mí me sucede, se es deudor y acreedor a la vez? ¡Esto es horrible! Llevo en mí dos principios contradictorios que se combaten y destruyen. Más me valiera ser tan sólo deudor implacable o acreedor manso. ¡Mansedumbre, mansedumbre! Todos celebran al león, hasta al tigre, y se burlan de la pobre liebre, y, sin embargo, el mismo Dios que dio garras y pico al águila, garras y poderosas fauces al tigre y al toro cuernos, dio alas veloces a la golondrina, patas ligeras a la liebre, pequeñez al mosquito, tinta al calamar, aguijón a la abeja, veneno a la víbora, mansedumbre al cordero y al *inglés.* Y luego viene un impío Lessing e insulta al cordero, que es quien borra los pecados del mundo. Toda esa monserga del honor, todo ese código anticristiano del pundonor caballeresco lo han inventado los tigres vencedores. Y ahora, ¿qué hago con esta cuenta?... Ahora me acuerdo de un día en que al pedirme un mendigo una limosna le contesté malhumorado: ¡Adaptarse! Tradujo la palabra a su modo y la tradujo bien; me llenó de insultos y tuve que huir. Su maldición me persigue: ¡Adaptarse! Ellos son los que se adaptan a mí como el muérdago a la encina. Si no hubiese parásitos, ¿qué sería del exceso de vida? ¡Adaptarse! ¡La lucha por la vida! ¡La selección! Esto sí que es filosofía caballeresca. ¡Y que hablen todavía de caballeros cristianos...! Vaya,

vaya, no quiero pensar; venga el último número de *El Mundo Cómico* en que publiqué un artículo brutal que asustó a los padres de familia e hizo reír a los que pretenden conocerme. En el mismo número estuvo Enrique felicísimo en un cuento en que figura un *inglés*...»

Iba en esto José cuando la criada le anunció que esperaba don Enrique.

—¡Don Enrique..., Enrique..., vendrá a pagarme! Meterá la mano en el bolsillo, y yo, que no soy un tigre, le tengo que decir: «¡Oh, no, no corre prisa, por un día más o menos...!». Y Enrique entonces sacará la mano del bolsillo...

—¿Qué le digo, señorito?

—¡Ah, sí, espera, oye...! Sacará la mano del bolsillo..., la sacará, me la alargará y dirá: «Puesto que no te corre prisa, dame cinco duros más y serán en números redondos cincuenta duros, mil reales, y así que cobre una cuentecilla te lo pagaré todo junto...».

—¿Qué le digo, señorito, que está esperando?

—¡Es verdad...! ¡Pobre Enrique, dile que pase!

«¡Pero por qué soy así, Dios mío!»

El diamante de Villasola

El maestro de Villasola era perspicacísimo y entusiasta como pocos por su arte; así es que tan luego como entrevió en el muchacho una inteligencia compacta y clara, sintió el gozo de un lapidario a quien se le viene a las manos hermoso diamante en bruto.

¡Aquél sí que era ejemplar para sus ensayos y para poner a prueba su destreza! ¡Hermoso conejillo de Indias para experiencias pedagógicas! ¡Excelente materia pedagogizable en que ensayar nuevos métodos *in anima vili!* Porque la honda convicción del maestro de Villasola –aun cuando no llegara a formulársela– era que los muchachos son medios para *hacer.* Pedagogía, como para hacer Patología los enfermos. «La ciencia por la ciencia misma», era su divisa expresa, y la tácita, la de debajo de la fórmula, esta otra: «la ciencia para mi solaz y propio progreso».

Cogió al muchacho prodigioso para desbastarlo. ¡Qué descanso después de aquella infecunda brega con tanta vulgaridad, con todos aquellos oscuros carbones que a lo sumo llegaban a grafitos! «¡Qué diferencia de alma a alma! —se decía—; todas son carbono espiritual, pero he aquí entre tanto oscuro carbón ordinario un alma cristalizada en diamante.»

Empezó el maestro la faena. Tenía planeada la hermosa forma poliédrica, las múltiples facetas, los ejes. ¡Qué reflejos daría al mundo, y cómo se admiraría en él la pericia del lapidario que lo tallara!

El muchacho se dejó hacer, aunque conservando su cualidad íntima: la dureza diamantina. Mas cuando al descubrir su propio brillo se comparó con los opacos carbones entre que vivía, se prestó sumiso a las manipulaciones de su lapidario.

¡Qué de facetas! ¡Qué de aguas! ¡Qué de destellos! ¡Qué de cosas sabía y qué bien agrupadas todas en ordenación poliédrica! Era la maravilla del pueblo. El día en que habló en el Casino fue aquello el pasmo de Villasola. ¡Cómo lo enlazaba y engarzaba todo en hilo continuado y ordenado!

Ya presentaba una faceta, ya otra, deslumbrando con mil tornasolados cambiantes e irisaciones múltiples, según se reflejaba en su mente de un modo o de otro la luz incolora y difusa de la ciencia. ¡Qué orador!

¡Qué cabeza! Allí estaba todo ordenadito y cuadriculado por 1.º, 2.º y 3.º; por *A* y *B* mayúsculas y *a* y *b* minúsculas, relacionado con llaves diversas, y llaves de llaves, en maravilloso cuadro sinóptico.

Llegó el día en que el portento de Villasola se lanzó a la Corte en busca de campo. Acompañóle tropel de gente a la estación, y le siguió el pueblo todo con su corazón, sin que él, por su parte, lo llevara en el suyo.

Las madres se lo señalaban a sus hijos cual modelo, apeteciéndolo, a la vez, para sus hijas; suspiraban éstas por él, y los envidiosos se recomían las tripas. Pero el orgulloso de veras era el maestro de Villasola, el lapidario de aquella maravilla que iba a hacer valer su elevado valor en cambio, difiriendo cuanto pudiese el engastarse en una joya social cualquiera para realzar así su valor en uso. Aspiraba a solitario.

Cayó en el arroyo del mundo, en su lecho de arena, entre cantos rodados y polvo de diamantes deshechos ya. Maravilló al punto a cuantos se le acercaron; pero, lastimados por sus aristas, tenían que dejarlo. Paseáronle de salón en salón dándole mil vueltas para admirar sus reflejos todos; pero nadie le quería si no era para montarle en un anillo, y él se quería libre, sin engaste.

Entretanto la corriente iba restregándole contra la arenilla del lecho donde había también polvo de diamantes.

Demandó, más bien que pretendió, a una joven rica que le sirviese de montante y recibió calabazas. Aquella noche mordía la almohada, sintiéndose a solas y a oscuras mero pedrusco, seco y frío.

Íbasele desgastando poco a poco la poderosa inteligencia sinóptica, se le velaba y enturbiaba la mente al quebrársele las aristas, y no reflejaba ya sino luz vulgar. Y entonces vio a los humildes carbones a quienes había desdeñado asociarse, y al conjuro de la solidaridad, que cual corriente eléctrica les recorría enlazándolos, dar luz propia, ellos, los oscuros carbones, y no mero destello reflejo como él, diáfano diamante. Los pobres se consumían en trabajo, daban luz de su carne y de su sangre, con dolor, sí, pero con amor también, unidos por santa corriente de fraternal comunión de esfuerzos. Y él solo, solitario, duro, perdidas las aguas, ¿para qué serviría ya?

Serviría para rayar cristales, porque le quedaba su cualidad esencial e íntima: la dureza. Hay que oír en las mesas de los cafés al diamante de Villasola cuando, previas unas copas de coñac, cae sobre una reputación hecha, cualquiera, sobre un sentimiento consagrado, sobre cualquier cristal, y los raya y esmerila rechinando. ¡Qué elocuencia áspera, seca, dura, rechinante! ¡Cómo deja de esmerilados a los cristales! Ahora es cuando hay que conocerle, ahora que, desgastado por el roce con la arenilla del lecho del río del mundo, estropea las sus facetas por el continuo fregarse en polvo de deshechos diamantes, revela su durísima esencia de carbono cristalizado.

Cuando el maestro de Villasola supo el fin de su diamante, se propuso esta ardua cuestión: «La Pedagogía ¿es ciencia pura o de aplicación?». Mas lo que no se le ha ocurrido al lapidario de Villasola es que sea más hacedero sacar luz del calor potencial almacenado en los negros carbones, que arrancar calor vivífico de la luz meramente refleja y de préstamo del diamante.

Juan Manso
Cuento de muertos

Y va de cuento.

Era Juan Manso en esta pícara tierra un bendito de Dios, un mosquita muerta que en su vida rompió un plato. De niño, cuando jugaban al burro sus compañeros, de burro hacía él; más tarde fue el confidente de los amoríos de sus camaradas, y cuando llegó a hombre hecho y derecho le saludaban sus conocidos con un cariñoso: ¡Adiós, Juanito!

Su máxima suprema fue siempre la del chino: no comprometerse y arrimarse al sol que más calienta.

Aborrecía la política, odiaba los negocios, repugnaba todo lo que pudiera turbar la calma chicha de su espíritu.

Vivía de unas rentillas, consumiéndolas íntegras y conservando entero el capital. Era bastante devoto, no llevaba la contraria a nadie y, como pensaba mal de todo el mundo, de todos hablaba bien.

Si le hablabas de política, decía:

—Yo no soy nada, ni fu ni fa, lo mismo me da Rey que Roque: soy un pobre pecador que quiere vivir en paz con todo el mundo.

No le valió, sin embargo, su mansedumbre y al cabo se murió, que fue el único acto comprometedor que efectuó en su vida.

Un ángel armado de flamígero espadón hacía el apartado de las almas, fijándose en el señuelo con que las marcaban en un registro o aduana por donde tenían que pasar al salir del mundo y donde, a modo de mesa electoral, ángeles y demonios, en amor y compaña, escudriñaban los papeles por si venían en regla.

La entrada al registro parecía taquilla de expendeduría en día de corrida mayor. Era tal el remolino de gente, tantos los empellones, tanta la prisa que tenían todos por conocer su destino eterno y tal el barullo que imprecaciones, ruegos, denuestos y disculpas en las mil y una lenguas, dialectos y jergas del mundo armaban, que Juan Manso se dijo:

—¿Quién me manda meterme en líos? Aquí debe de haber hombres muy brutos.

Esto lo dijo para el cuello de su camisa, no fuera que se lo oyesen.

El caso es que el ángel del flamígero espadón maldito el caso que hizo de él, y así pudo colarse camino de la Gloria.

Iba solo y pian pianito. De vez en vez pasaban alegres grupos, cantando letanías y bailando a más y mejor algunos, cosa que le pareció poco decente en futuros bienaventurados.

Cuando llegó al alto se encontró con una larga cola de gente a lo largo de las tapias del Paraíso, y unos cuantos ángeles que cual *guindillas* en la Tierra velaban por el orden.

Colócase Juan Manso a la cola de la cola. A poco llegó un humilde franciscano y tal maña se dio, tan conmovedoras razones adujo sobre la prisa que le corría por entrar cuanto antes, que nuestro Juan Manso le cedió su puesto diciéndose:

—Bueno es hacerse amigos hasta en la Gloria eterna.

El que vino después, que ya no era franciscano, no quiso ser menos y sucedió lo mismo.

En resolución, no hubo alma piadosa que no birlara el puesto a Juan Manso, la fama de cuya mansedumbre corrió por toda la cola y se trasmitió como tradición flotante sobre el continuo fluir de gente por ella. Y Juan Manso, esclavo de su buena fama.

Así pasaron siglos al parecer de Juan Manso, que no menos tiempo era preciso para que el corderito empezara a perder la paciencia. Topó por fin cierto día con un santo y sabio obispo, que resultó ser tataranieto de un hermano de Manso. Expuso éste sus quejas a su tatarasobrino y el santo y sabio obispo le ofreció interceder por él junto al Eterno Padre, promesa en cuyo cambio cedió Juan su puesto al obispo santo y sabio.

Entró éste en la Gloria y, como era de rigor, fue derechito a ofrecer sus respetos al Padre Eterno. Cuando hubo rematado el discursillo, que oyó el Omnipotente distraído, díjole éste:

—¿No traes postdata? —mientras le sondeaba el corazón con su mirada.

—¡Señor!, permitidme que interceda por uno de sus siervos que allá, a la cola de la cola...

—Basta de retóricas —dijo el Señor con voz de trueno—. ¿Juan Manso?

—El mismo, Señor, Juan Manso que...

—¡Bueno, bueno! Con su pan se lo coma, y tú no vuelvas a meterte en camisa de once varas.

Y volviéndose al ángel introductor de almas, añadió:

—¡Que pase otro!

Si hubiera algo capaz de turbar la alegría inseparable de un bienaventurado, diríamos que se turbó la del santo y sabio obispo. Pero, por lo menos, movido de piedad, acercose a las tapias de la Gloria, junto a las cuales se extendía la cola, trepó a aquéllas, y llamando a Juan Manso, le dijo:

—¡Tataratío, cómo lo siento! ¡Cómo lo siento, hijito mío! El Señor me ha dicho que te lo comas con tu pan y que no vuelva a meterme en camisa de once varas. Pero... ¿sigues todavía en la cola de la cola? Ea, ¡hijito mío!, ármate de valor y no vuelvas a ceder tu puesto.

—¡A buena hora mangas verdes! —exclamó Juan Manso, derramando lagrimones como garbanzos.

Era tarde, porque pesaba sobre él la tradición fatal y ni le pedían ya el puesto, sino que se lo tomaban.

Con las orejas gachas abandonó la cola y empezó a recorrer las soledades y baldíos de ultratumba, hasta que topó con un camino donde iba mucha gente, cabizbajos todos. Siguió sus pasos y se halló a las puertas del Purgatorio.

—Aquí será más fácil entrar —se dijo—, y una vez dentro y purificado me expedirán directamente al cielo.

—¿Eh, amigo, adónde va?

Volviose Juan Manso y hallose cara a cara con un ángel, cubierto con una gorrita de borla, con una pluma de escribir en la oreja, y que le miraba por encima de las gafas. Después que le hubo examinado de alto a bajo, le hizo dar vuelta, frunció el entrecejo y le dijo:

—¡Hum, *malorum causa!* Eres gris hasta los tuétanos... Temo meterte en nuestra lejía, no sea que te derritas. Mejor harás ir al Limbo.

—¡Al Limbo!

Por primera vez se indignó Juan Manso al oír esto, pues no hay varón tan paciente y sufrido que aguante el que un ángel le trate de tonto de capirote.

Desesperado tomó camino del Infierno. No había en éste cola ni cosa que lo valga. Era un ancho portalón de donde salían bocanadas de humo espeso y negro y un estrépito infernal. En la puerta un pobre diablo tocaba un organillo y se desgañitaba gritando:

—Pasen ustedes, señores, pasen... Aquí verán ustedes la comedia humana... Aquí entra el que quiere...

Juan Manso cerró los ojos.

—¡Eh, mocito, alto! —le gritó el pobre diablo.

—¿No dices que entra el que quiere?

—Sí, pero... ya ves —dijo el pobre diablo poniéndose serio y acariciándose el rabo—, aún nos queda una chispita de conciencia... y la verdad... tú...

—¡Bueno! ¡Bueno! —dijo Juan Manso volviéndose porque no podía aguantar el humo.

Y oyó que el diablo decía para su capote: «¡Pobrecillo!».

—¡Pobrecillo! Hasta el diablo me compadece.

Desesperado, loco, empezó a recorrer, como tapón de corcho en medio del océano, los inmensos baldíos de ultratumba, cruzándose de cuando en cuando con el alma de Garibay.

Un día que atraído por el apetitoso olorcillo que salía de la Gloria se acercó a las tapias de ésta a oler lo que guisaban dentro, vio que el Señor, a eso de la caída de la tarde, salía a tomar el fresco por los jardines del Paraíso. Le esperó junto a la tapia, y cuando vio su augusta cabeza, abrió sus brazos en ademán suplicante y con tono un tanto despechado le dijo:

—¡Señor, señor! ¿No prometiste a los mansos vuestro reino?

—Sí; pero a los que embisten, no a los embolados.

Y le volvió la espalda.

Una antiquísima tradición cuenta que el Señor, compadecido de Juan Manso, le permitió volver a este pícaro mundo; que de nuevo en él, empezó a embestir a diestro y siniestro con toda la intención de un pobrecito infeliz; que muerto de segunda vez atropelló la famosa cola y se coló de rondón en el Paraíso.

Y que en él no cesa de repetir:

—¡Milicia es la vida del hombre sobre la tierra!

Del odio a la piedad

El viaje aquel de Toribio a Madrid fue un viaje terrible: no podía quitar de la cabeza la innoble figura de aquel Campomanes que tanta guerra le había dado en su pueblo. ¡Campomanes! Cifra de todo lo que estorba. Toribio le atribuía todas las cualidades vulgares que más odiaba, y se complacía en no suponerle mala intención ni perfidia. «¿Pérfido? ¿Mal intencionado Campomanes? ¡Eso quisiera él, majadero, nada más que majadero!», se decía Toribio sin poder pegar ojo.

Sacó los guantes y se los iba a poner; pero pensó entonces: «Unos guantes así gasta Campomanes... Voy a parecer un elegante...». Y no se los puso.

Llegó a Madrid, y con él, en su cabeza, la innoble figura de Campomanes.

Aquella misma tarde fue al antiguo café, allí, charlando de todo, olvidaría sus penas y se olvidaría de Campomanes.

Cuando llegó él al café aún no habían llegado sus amigos. En la mesa contigua estaba un hombre solo, fumando un puro. Toribio le contemplaba pensando en Campomanes.

Llegaron sus amigos y los del vecino, se formó en cada mesa un corrillo y se revolvió en una y en otra todo lo humano y lo divino.

Toribio continuó asistiendo al antiguo café. Casi todos los días era el primero que llegaba, y casi todos encontraba en la mesa contigua al mismo vecino, siempre solo y siempre fumando su puro. Le tomó una feroz antipatía que se convirtió en odio feroz. No le conocía, no sabía quién era, ni qué era, ni qué hacía, ni qué decía; no sabía de él nada, nada más si no que él, Toribio, le odiaba con toda su alma.

«Pero señor, se decía, ¿por qué me carga este hombre?» Y para razonar su odio y justificarlo fue inventando, sin darse cuenta de que lo hacía, mil pretextillos. «¡Qué manera tan presuntuosa de fumar el puro! ¡Qué desdén en la mirada! ¡Qué rostro abotagado! ¡Qué sello de imbecilidad en el traje! ¡Cómo me mira..., me aborrece, nos hemos comprendido!» Y todo esto era mentira, y Toribio lo sabía, no había tal presunción, ni tal desdén, ni tal rostro, ni mucho menos aborrecimiento alguno.

«¡Y ni saluda al entrar!»... Él tampoco saludaba.

En fuerza de repetirse los pretextos acabó por creerlos, se los sugirió como verdaderos y se convenció de que el vecino le odiaba.

Entraba en el café... «Ahí está, ¡cómo me mira! Me odia, bien se conoce que me odia...»

Empezó con sus amigos a hablar mal del otro, les dijo que se odiaban, inventó mil mentirillas de ojeadas feroces, de gestos de desprecio; acabó por creerlas él mismo.

A todo esto el vecino, impasible, acaso adivinaba lo que sucedía en el alma de Toribio, pero no lo daba a entender.

Un día llegó Toribio al café un poco alegrillo, y lo primero que vio fue a su vecino en la mesa de ellos, de Toribio y sus amigos.

«Ha ocupado nuestra mesa teniendo la suya vacía..., busca camorra... Pero aquí las mesas son del primero que llega. No importa, tiene la suya, ¿por qué no la ha ocupado...? No, pues yo voy y me siento en la nuestra. ¿Busca camorra?, que empiece él... ¡Está claro! Como lo que él quiere es que yo me siente junto a él dirá algo...»

Se sentó en la misma mesa, frente al vecino odiado. Pidió café. Vino el mozo y fue a retirar la taza que estaba delante de Toribio.

–¿Qué? ¿La vas a llevar a la otra mesa? ¡No, déjala aquí! –y miró a su vecino.

–No es eso, señorito –contestó el mozo–, es que esta taza está usada: en ella ha tomado café otro señor que ha estado con el señorito Rafael.

Se llamaba Rafael, ¡qué nombre tan antipático!

Toribio empezó a tomar su taza, le latía el pecho y no sabía lo que le pasaba. Concluyó el café y de un trago se bebió la copa de coñac. Pidió otra copa y luego otra contra su costumbre. Le ardía la cara. Al fin se dirigió a su vecino y le dijo:

–¿Cómo ha venido usted hoy a esta mesa teniendo la de ustedes vacía?

El vecino le miró serenamente y pensó: «Ya decía yo, este pobre muchacho es loco». No respondió nada.

–¿Por qué ha venido usted a esta mesa?

—¡Porque me ha dado la gana!
—¿No sabe usted que es la nuestra?

Rafael iba a contestar una crudeza, pero pensó: «Mejor será por lo blando, ¡pobre chico!».

—Sabe usted, cuando he llegado estaba aquí un conocido y me he sentado junto a él.

Era la verdad.

—Y cuando se ha ido el conocido, ¿por qué no ha dejado usted libre nuestra mesa?

Toribio pidió otra copa. Rafael le miró con inquietud, como se mira a un loco, y contestó:

—Porque deseaba estar con usted... ¡No beba usted tanto!

—Y a usted ¿qué le importa?

Rafael pensó: «Lo más prudente será retirarse». Se levantó y dijo a Toribio:

—¡Cálmese usted!

Y salió.

Todo aquel día estuvo Toribio excitadísimo. ¡Ya se ve!, cuatro copas, en él que nunca tomaba más que una.

Aquella noche reflexionó y comprendió lo imbécil de su conducta. «Tengo que domarme.»

Al día siguiente entró al café. Allí estaba Rafael, esta vez en su mesa. Toribio se le dirigió. El otro pensó: «Otra vez el loco».

Le dio mil explicaciones, le pidió perdón, y acabó por convidarle. Desde entonces se hicieron muy amigos, casi íntimos. Toribio le hablaba de Campomanes.

Rafael era un alma de oro y de lo más simpático.

Cuando Toribio tuvo que volver a su pueblo sintió pena al despedirse de Rafael.

Llegó a su pueblo y lo primero que se echó a la cara fue a Campomanes. ¡Cosa más rara! No sintió por él ni miaja de odio, al contrario, casi simpatía. «Es un infeliz», pensó.

Desde entonces le dio no poco que pensar cómo se había derretido su odio a Campomanes en un fondo de piedad.

Un día paseaba con uno de sus amigos de Madrid cuando encontraron a Campomanes. Toribio se lo mostró y el otro le dijo:

—¿Sabes con quién le encuentro parecido?

—¿Con quién?

—Con Rafael.

¡Y era verdad! No lo había notado hasta entonces. Es decir, sí lo había notado, pero sin darse cuenta de ello.

Entonces se explicó su odio a Rafael, y entonces se explicó por qué, reconciliado con Rafael, mató el odio que tenía a Campomanes. «Cosa más rara –se decía– el demonio averigua la verdadera razón de nuestros odios y nuestros amores... El hombre es el bicho más extraño.»

La verdad es que tiene el alma humana repliegues estrambóticos.

El desquite

Después de cavilar muy poco he rechazado el uso que emplea la voz galicana revancha, y me atengo al abuso, quiero decir, al purismo que nos manda decir desquite. Que nadie me lo tenga en cuenta.

Esto del desquite es de una actualidad feroz, ahora que todos estamos picados de internacionalismo belicoso.

Luis era el gallito de la calle y el chico más roncoso del barrio. Ninguno de su igual le había podido, y él a todos había zurrado la badana. Desde que dominó a Guillermo no había quien le aguantara. Se pasaba el día cacareando y agitando la cresta; si había partida la acaudillaba, se divertía en asustar a las chicas del barrio por molestar a los hermanos de éstas, se metía en todas partes, y a callar todo Cristo, ¡a callar se ha dicho!

¡Que se descuidara uno!

—¡Si no callas te inflo los papos de un revés...!

¡Era un mandarín, un verdadero mandarín! Y como pesado, ¡vaya si era pesado! Al pobre Enrique, a Enrique el tonto, no hacía más que darle papuchadas, y vez hubo en que se empeñó en hacerle comer greda y beber tinta.

¡Le tenían una rabia los de la calle!

Guillermo, desde la última felpa, callaba y le dejaba soltar cucurrucús y roncas, esperando ocasión y diciéndose: ya caerá ese roncoso.

A éste, los del barrio, aburridos del gallo, le hacían «chápale, chápale», yéndole y viniéndole con recaditos a la oreja.

—Dice que le tienes miedo.

—¿Yo?

—¡Dice que te puede!

—¡Dice que cómo rebolincha...!

—¡Sí, las ganas!

Se encontraron en el campo una mañana tibia de primavera; había llovido de noche y estaba mojado el suelo. A los dos, Luis y Guillermo, les retozaba la savia en el cuerpo, los brazos les bailaban, y los corazones a sus acompañantes que barruntaban morradeo.

Sobre si fue el uno o fue el otro quien derribó un cochorro de una pedrada, tuvieron palabras.

El cochorro estaba en el suelo, panza arriba suplicando paz con el pataleo de sus seis patitas, esperando a que por él y junto a él se decidiera la hegemonía del barrio.

—¡Sí...! ¡Tú, tú echar roncas nada más no sabes...!

—¿Roncas? ¿Roncas yo? ¡Si te doy uno!

Hacía como que se iba con desdén digno, y volvía.

—¡Calla y no me provoques!

—¡Ahí va!, provoques —exclamó uno de los mirones—, provoques..., provoques... ¡Qué farolín!, ¡para que se le diga que sabe!

Los circunstantes les azuzaban.

—¡Anda, pégale!

—¡Chápale a ése!

—¿Le tienes miedo?

—¿Miedo yo?

—¡Mójale la oreja!

—¡Tírale saliva!

—¡Llámale aburrido!

—¡Provócale, anda, provócale!

Todos soltaron el trapo a reír al oír esto. Luis se puso como un tomate, y se acercó a imponer correctivo al burlón.

—¡Déjale quieto! —le gritó Guillermo.

—¡Y a ti también si chillas mucho!

—¿A mí?

Luis le dio un empellón, se lo devolvió Guillermo, siguió un moquete y se armó la gresca. Los mirones les animaban y saltaban de gusto. Uno de éstos se puso a *rezar* por Guillermo.

—Ojalá gane Guillermo. Ojalá amén... Ojalá gane... Ojalá gane...

Se separaban para dar vuelo al brazo y descargarlo con más brío. Al principio llevaban la mano a la parte herida y tomaban tiempo para devolver el golpe, después menudeaban los embistes sin darse reposo.

—Ojalá gane... Ojalá gane... Ojalá gane...

—¡Échale la zancadilla!

Cayeron al fin al suelo mojado, Luis debajo, y al caer aplastaron al cochorro que imploraba piedad con sus patitas. Guillermo sujetó con las rodillas los brazos del enemigo, y mientras éste forcejeaba, el otro, resudado, roja la faz, irradiando alegría, feroces los ojos, le decía entre resoplidos:

–¿Te rindes?

–¡No!

Y le descargaba un puñetazo en los hocicos.

–¿Te rindes?

–¡No!

Otro puñetazo más, y así siguió hasta que lo hizo sangrar por las muelas.

En aquel momento uno de los mirones exclamó:

–¡Agua…, agua…, agua!

Era que venía el alguacil, el muy pillo cautelosamente, haciéndose el distraído, como tigre de caza. Al verle abandonaron todos el campo echando a correr. Y el alguacil, al escapársele la presa, les amenazaba desde lejos con el bastón.

Entraron en la calle, el vencedor rodeado de los testigos de su triunfo y sin hacer caso a Eugenio que le repetía:

–¡He rezado por ti! ¡He rezado por ti!

Poco después entró el vencido sangrando por la boca, embarrado, hosco y murmurando:

–¡Ya caerá! ¡Ya caerá!

¡Qué corte rodeó desde aquel día a Guillermo!

En la calle bailaban todos de contento, ya no temían al roncoso, ya podían decirle:

–Te ha podido Guillermo.

Quien más atenciones prodigó a éste fue Eugenio.

El cual tenía un hondísimo sentimiento de la dignidad humana. Si le pegaban 6, 15 o 21 golpes, él devolvía 7, 16 o 22; cuando el maestro le administraba una azotina, contaba él los zurriagazos, y si éstos eran n, después, en desquite, tenía que tocar el faldón de la levita del maestro $n + 1$ veces. Siempre quedaba encima.

Luis no volvió abrir el pico, pero ni cerró noche ni abrió día sin que murmurara:

—¡Ya caerá! ¡Ya caerá!

¡Ardoroso alimento de su augusta majestad caída!

—¡Valiente chiquillería! ¡Mira con qué nos sale!

¿Dice esto el lector?

¡Bien!, pues ahí está el origen del sentimiento de justicia, porque nació ésta del desquite. Toda la monserga de la vindicta social se reduce a la revancha social, ni tilde más, ni tilde menos. ¿Me pega? ¡Le pego, y en paz!

¡Vaya una paz!

Los pueblos pasaron de la venganza al castigo. Ésta es una pura reacción, como el estornudo. Entra un granillo de polvo en la mucosa..., la laringe castiga al granillo estornudando.

Cuando veo a dos rapaces darse de mojicones en la calle, me digo:

Ésa es la educación social y lo demás pamplina. Así, libre y al aire libre, cada uno aprende así que frente a su voluntad hay otras voluntades, y que no hay otro remedio que imponerse o someterse a ellas, o concertarse todas o escapar bajo el ojo del alguacil.

Todavía nos ha de enseñar grandes cosas el «¡ya caerás!» internacional que sale de lo hondo del pecho herido.

Pero ¡ojo, mucho ojo!, no hay que perder de vista al alguacil, que avanza cautelosamente, como tigre de caza, que desde lejos amenaza con el bastón y puede aguarnos la fiesta.

Una rectificación de honor
Narraciones siderianas

–¡Un caballero no debe, no puede tolerar tal ultraje!
Al oír lo de caballero, Anastasio inclinó la cabeza sobre el pecho para olfatear la rosa que llevaba en el ojal de la solapa y dijo sonriendo:
–Yo aplastaré a ese reptil... ¡Mozo!
Para pagar a éste sacó del bolsillo un duro, y con él dos piezas de oro que llevaba como fondo permanente e intangible; dio aquél al mozo y sin esperar a la vuelta, tan distraído creía se debía estar en su caso, salió del Arca.
El Arca era el nombre caprichoso, abracabrante, según uno de sus socios, que en Sideria se daba al casino a que acudía el cogollito de la elegancia, los hombres de mundo y de alta sociedad, los calificados por el *chroniqueur* modernista y bulevardizante de *El Correo Sideriense* de *gentlemens, sportsmens, clubmens, bonvivants, blasés, comme il faut, struggle-for-lifeurs* y otro sin fin de terminachos por el estilo; es decir, los caballeros más honorables de la ciudad ducal.

Uno de ellos había importado de Alemania, donde residió año y medio, el nombre de *filisteos* que los socios aplicaban a todos los ramplones burgueses de la ciudad.

Los envidiosos, y los pedantes, y los doctrinos sostenían que en el Arca se reunían los espíritus más pedestres de la ciudad, empeñados en sacarse del abismo de su ramplonería como el barón de Münchhausen del pozo en que cayó, tirándose de las orejas hacia arriba, y no faltaba mala lengua que clasificaba a los alegres compadres en memos y bandidos sin disfrazar, memos disfrazados de bandidos y bandidos disfrazados de memos.

Pero dejando estos ladridos de los impotentes a la luna, volvamos a Anastasio, el cual, al salir a la calle, hizo como si reflexionara un momento delante del coche y acabó diciéndose: «No, en esta ocasión no pega el coche. ¡A pie, a pie!».

Un carruaje que pasaba le salpicó de barro el pantalón. El primer efecto que tal desastre produjo en Anastasio fue el vivo dolor del armiño ofendido en su cándida pureza; pero luego, volviendo sus ojos a la afrenta que devoraba su corazón, se complugo en la providencial pella de barro.

Si Anastasio hubiera tenido la debilidad, impropia de un caballero perfecto, de ser algo filósofo, ¡uf!, se habría perdido en necias divagaciones acerca del simbolismo de la Naturaleza. Pero toda su filosofía se reducía a la que estrictamente necesitaba: a saber que Dios hizo el mundo para el hombre y el hombre para el honor, y que todo el universo era un arca inmensa.

Cuando llegó a la redacción de *El Abejorro,* se detuvo a su puerta, sobre la que había dibujado un abejorro enorme.

Sacó Anastasio el pañuelo perfumado, que así lo llevaba a pesar de las pullas de muchos socios, más *prácticos* en lo del pañuelo, y se lo llevó a las narices.

Dentro de la redacción se oían voces de disputa, y una, sobre todo, que sobresaliendo de las demás, decía:

—Le digo a usted que de todas las imbecilidades que han inventado los ociosos para pasar el tiempo y distinguirse, la más estúpida es el honor. Todo el mundo habla de la nobleza del león, que es un bicho dañino, y a mí me parece mucho más noble el burro. El león, que es bestia de presa que se alimenta de carne, habrá inventado el honor; pero el pobre burro, que es bestia de carga, ha inventado el deber. Y sobre todo, señores, ¿de dónde sacan ustedes que sea noble el defenderse con las garras y los dientes, como el león, y no lo sea con la ligereza de pies, como la liebre; con la astucia, como la zorra; con la pequeñez, como el mosquito; con la tinta, como el jibión? El mismo Dios que ha dado garras y pico al águila ha dado pequeñez al mosquito y al jibión tinta. Todos los imbéciles...

En aquel momento Anastasio, que se había estirado los puños y atusado el bigote y había cogido el bastón como cirio en procesión, indignado de oír tantas pedanterías estrafalarias, entró.

Ya dentro, avanzó una pierna de modo que pudiera lucir la simbólica pella de barro, y dijo:

—¿El caricaturista de este... papel?

—Muy buenas noches.

—Buenas. El caricaturista he dicho.

—¡Presente! —exclamó un joven que estaba haciendo pajaritas de papel.

—¿Es usted el mamarrachista de este... papel? —volvió a preguntarle Anastasio.

—Para servir a usted.

Anastasio sintió a la vista de una pajarita de papel colocada sobre la mesa ganas de arañar a su hacedor; pero se reportó bajando la cabeza para oler la rosa, ¡cándida flor!, y volvió a preguntar:

—¿Es usted el autor de esa inmunda caricatura?

—¡In-mun-da..., in-mun-da..., muy bien! ¡Exacto..., la frase es feliz..., sí señor, yo lo soy!

—He aquí mi tarjeta —dijo Anastasio sacando una para dársela.

—Está muy bien... Joaquín Ortiz, calle de Suso, 31, segundo, tiene usted su casa. No uso tarjetas.

«Un pintamonas —pensó Anastasio—; ya me temía yo que no fuera un caballero... ¡Pero hasta tanto! ¡No usa tarjetas! Eso es no ser ni hombre siquiera. ¿Adónde va este infeliz?»

—Espero de usted una satisfacción; esta noche visitarán a usted dos de mis amigos —añadió al salir.

Cuando al cerrar la puerta oyó una risa, sonrió Anastasio lleno de compasión, olió la rosa y diciéndose: ¡no usa tarjetas!, sintió toda la fealdad de la pella de barro. Como ésta se había secado ya, la limpió en las escaleras de la redacción de *El Abejorro*.

En la calle le miraban mucho. «¡Sabréis quién es Anastasio!», pensó.

Dos carreteros reñían, jurando como señoritos, y uno de ellos dijo al otro:

—Vamos a rompernos la crisma...

Al verlos irse se dijo Anastasio: «Y a todo esto la policía sin impedir estas ordinarieces... ¡Groseros! Nada, nada, el pueblo es pueblo... Cuando yo digo que en España no estamos preparados para la república... Pueblo grosero, prensa procaz... Es evidente que la aristocracia tiene el deber de ejercer tutoría sobre el pueblo, tutoría fraternal, se entiende..., y la verdadera aristocracia, no es antigualla rancia comida de carcoma».

Cuando llegó al Casino buscó a su amigo Herminio, a quien preguntó por Pepito Curda.

—¡Pepito..., a estas horas!

—¡Ah, sí! —contestó Anastasio con seriedad, recordando que a aquellas horas Curda se dedicaba a emborracharse para poder dormir de un tirón, olvidado del tráfago de sus negocios.

—¿Y Juanito...?

—¡Déjalo que hoy está de suerte!

—¿Pero ese muchacho cuándo se va a corregir? —dijo Anastasio con la gravedad que sentaba a su situación—. Porque va a acabar mal.

—¡Quia! Él la entiende y sabe que coloca su capital a buen rédito.

—¿Y Ambrosio?

—Ahí le tienes.

En efecto, en una mesa cercana discutían varios socios acerca de una proposición, y era que el Municipio de Sideria pagara dos mozos al Arca, bonita combinación para acabar de escandalizar a los pobres *filisteos* de la ciudad ducal.

—¡Hay que dar que hablar a esa mano de cerdos que trabajan como imbéciles y ahorran para que se lo coman sus hijos y creen en el sentido común!

Un tímido objetaba al pensamiento y pedía cuando menos barniz de legalidad.

—¡Tienes razón! —exclamó uno.

—¡Pss!, ¿y qué? Tener razón o no tenerla, ¿qué más da? —replicó con desdén Ambrosio, que pasaba por uno de los oráculos del Arca.

La frase dejó a todos suspensos de admiración y en un momento corrió por toda el Arca.

Anastasio llamó a Ambrosio, les enteró a él y a Herminio del asunto y acabó diciéndoles:

—¡Una rectificación amplia, absoluta, completa, sin reservas..., y si no..., a sable!

Dicho esto se fue a casa de un maestro de armas, donde se estuvo ensayando quites y posturas.

Cuando quebrantado por tantas emociones llegó a su casa, se puso a pensar en el traje que convendría para el lance.

Lo sacó, se lo puso y estuvo ensayando quites con el bastón. Después se puso a escribir a Enriqueta, su arreglito. La cosa era tranquilizarla, no fuera que cualquier indiscreto le diera un sofoco con una noticia de sopetón.

Cuando despertó en la butaca clareaba el día. Empezó a pasearse por la sala hasta que dieran las siete, hora convenida con el maestro de armas para continuar la lección.

Sus amigos fueron a buscarle a la sala de armas cuando más absorto estaba en un quite.

—Nada de esto —le dijeron—, la cosa se ha zanjado satisfactoriamente.

—Entre caballeros... —empezó a decir el otro.

«¡Pero si no usa tarjetas...!», pensó Anastasio.

—Una cumplida rectificación, una rectificación de honor, como lo deseabas. La traerá el próximo número de *El Abejorro*, el del domingo.

El maestro de armas le dio la mano diciéndole:

—Espero nos volvamos a ver. Un joven como usted, de la crema, no debe descuidar estas cosas. Usted muestra felices disposiciones y el manejo de las armas da la prudencia del fuerte y a la vez hace que se nos respete.

Anastasio le dio una fuerte propina y salió con sus dos amigos, que sonriendo le llevaron a una fotografía.

—Pero...

—Déjate hacer. Confiaste tu honor en nuestras manos.

El Abejorro del siguiente domingo alcanzó una venta tan nutrida como no la había alcanzado con la caricatura de Anastasio.

En la primera plana publicaba en fotograbado un hermoso retrato de Anastasio en traje de mañana, una rectificación amplia, absoluta, completa, sin reservas.

Los lectores que no conocían a Anastasio cotejaron el retrato con la caricatura, mientras el satisfecho ofendido se prodigaba en traje de mañana por todos los paseos de la ciudad ducal.

Un redactor de *El Abejorro* fue a darle la enhorabuena, que la recibió con dignidad, oliendo la rosa, mientras se decía: «Hoy no te ríes».

—Aquí viene él —oyó que decían en un grupo.

Pero el mayor bromazo fue en el Arca. El suceso fue el regocijo de los socios, que armaron un banquete con sus borracheras y brindis, presidido por Anastasio, en holocausto al Honor, del que se reían por dentro, gracias al portentoso Ambrosio, aunque por fuera fuesen sus más celosos sacerdotes.

El número rectificación de *El Abejorro* figuraba como centro de mesa. Anastasio no podía con su honor y con las copas que le hacían beber. Al cabo vino al suelo.

Desde entonces visitó con frecuencia la sala de armas.

Una visita al viejo poeta

En el nutrido sosiego que venía a posarse plácido desde el cielo radiante, iba a fundirse la resignada calma que de su seno exhalaba la vieja ciudad, dormida en perezosa siesta. Me sumí en las desiertas callejuelas que a la Colegiata ciñen, y en una de ellas, donde me habían dicho que habitaba el viejo poeta, de tan largo tiempo enmudecido, di a la aldaba del portalón, que lo era de la única casa de la calleja. Resonó el aldabonazo, quebrando el soñoliento silencio, en los muros que formaban la calleja, flanqueada, como un foso, de un lado por el tapial de la huerta de un convento, y por agrietadas paredes del otro.

Me pasaron, y al cruzar un pequeño jardincillo emparedado, uno de esos mustios jardines enjaulados en el centro de las poblaciones, vi a un anciano regando una maceta. Se me acercó. Era su conocidísima figura.

–Ahora mismo subo –me dijo.

–No; prefiero hacerle aquí la visita, ¿qué más da?

–Como usted quiera... Rosa, baja unas sillas.

Desprendíase una calmosa melancolía de aquel pedazo de Naturaleza encerrada entre las tapias de abigarradas viviendas. Dos o tres arbolillos se alzaban al arrimo de ellas, en busca de sol, y en ellos se refugiaban los pájaros. En un rincón, junto a un pozo, sombreaba a un banco de piedra una higuera. La casa tenía un corredor de solana, con balaustrada de madera, que miraba al jardinillo. El vertedero de la cocina servía para regar la higuera. Y todo ello parecía ruinas de Naturaleza abrazadas a ruinas de humana vivienda.

Allí encima se alzaba la airosa torre de la Colegiata, a la que doraba el sol con sus rayos, muy inclinados ya; la torre severa, que contribuía a dar al pedazo de cielo desde allí visible su anguloso perfil. Unas gallinas picoteaban el suelo.

–Es mi retiro y mi consuelo –me dijo.

–Yo creí que preferiría usted el campo verdadero..., el aire libre...

–No. Voy a él de vez en cuando, muy de tarde en tarde; pero es para volver al punto a encerrarme en esta jaula, con estos mis arbolillos presos, a la vista de esa torre, en este bosquecillo enjaulado, que me parece un enfermo cachorro de la selva que, cautivo y nostálgico, me lame el alma y a mis pies se tiende humilde. Aquí no les sacuden tormentas, ni el vendaval los agita; aquí crecen al arrimo de estas tapias. Mire la higuera, mi higuera doméstica, ¡qué lozana! Me recoge el sol y en dulzura me lo guarda. Al través de su verdura contemplo la dorada torre, árbol frondoso también del arte, con su exuberante follaje arquitectónico. ¡Si oyese usted cómo resuena entre estas viejas tapias el son pausado de sus campanas! Cuando sus vibraciones se dilatan derritiéndose en el sereno ambiente, parecen bañarse en el eco derretido estos mis pobres arbolillos... Esta casa me recuerda la de mi niñez, a la que ha arrasado el inevitable progreso. Tenía un jardinillo así. Aquí me baño el alma en mis recuerdos infantiles; reanudo mi dulce vigilia después de años de sueño...

—¿Y no ha sentido usted nunca pruritos de salir, de volver al mundo..., no le ha tentado la gloria?

—¿Qué gloria? —me preguntó con dulzura.

—¡La gloria...!

—¡Ah, sí, la gloria! Dispénseme; me olvidaba de que hablo con un joven literato.

Se levantó para quitar una oruga de uno de los arbolillos, miró un rato a la erguida torre, dorada por el sol poniente, y prosiguió:

—¿Cree usted acaso que cuando ha finado, derretido en la serena calma del ámbito, el eco de esas lenguas de bronce, no vive aún en el silencio su dulce ritmo muerto? Sí, posa en el mar del silencio, en su eterno lecho, donde descansan las voces y los cantos todos que han sido, y donde esperan tal vez la suprema evocación que haya de resucitarlos para entonar la gloriosa sinfonía eterna. Cantan en el silencio...

Yo, más que le oía, contemplaba su hermosa cabeza de vidente.

—Sí —continuó—, mi nombre va olvidándose; casi nadie lo cita ya; pero es ahora, en que se olvida mi nombre, cuando obra acaso mi espíritu, difundido en el de mi pueblo, más viva y eficazmente. Prodúcese un pensador o un artista, y mientras su obra no posa en el alma de su pueblo, mientras le es extraña a éste y en él choca, necesita llevar el nombre de su padre. Mas cuando se hace nuestro pensar, pensar de los que nos rodean, cuando nuestro sentir se aúna al sentir de nuestro pueblo, haciéndolo más complejo; cuando nuestra voz se acuerda al coro enriqueciendo la común sinfonía..., entonces nuestro nombre se hunde poco a poco. Nuestras ideas lo son ya de todos; el busto de nuestra moneda se ha borrado, y con él la leyenda, y la moneda corre porque es de oro de ley. Cuando menos se habla de un escritor, suele ser muchas veces cuando más influye.

–Tal vez... –empecé, y él, sin oírme, continuó:

–¡Mi nombre! ¿Para qué he de sacrificar mi alma a mi nombre? ¿Prolongarlo en el ruido de la fama? ¡No! Lo que quiero es asentar en el silencio de la eternidad mi alma. Porque fíjese, joven, en que muchos sacrifican el alma al nombre, la realidad a la sombra. No, no quiero que mi personalidad, eso que llaman personalidad los literatos, ahogue a mi persona –y al decirlo se tocaba al pecho–. Yo, yo, yo, este yo concreto que alienta, que sufre, que goza, que vive, este yo intrasmisible..., no quiero sacrificarlo a la idea que de mí mismo tengo, a mí mismo convertido en ideal abstracto, a ese yo cerebral que nos esclaviza...

–Es que el yo que usted llama concreto...

–Es el único verdadero; el otro es una sombra, es el reflejo que de nosotros mismos nos devuelve el mundo que nos rodea por sus mil espejos..., nuestros semejantes. ¿Ha pensado usted alguna vez, joven, en la tremenda batalla entre nuestro íntimo ser, el que de las profundas entrañas nos arranca, el que nos entona el canto de pureza de la niñez lejana, y ese otro ser advenedizo y sobrepuesto, que no es más que la idea que de nosotros los demás se forman, idea que se nos impone y al fin nos ahoga?

—Alguien llamaría egoísmo a eso... —me atreví a insinuarle deprisa, antes de que, arrepentido, recogiese mis palabras.

—¿Egoísmo? —me contestó con calma—. ¡Oh, sí; ahora han inventado eso del altruismo! ¡Altruismo! Eso sí que es inmoral e inhumano; sacrificar a *mi* idea, porque no es más que a una idea a lo que se sacrifica; sacrificar a *mi* idea, a la mía; entiéndalo, a todos mis prójimos, incluso a mí mismo, mi primer prójimo, el más prójimo o próximo a mí.

Pareció hundirse en algún recuerdo remoto, de esos de fuera del tiempo, y prosiguió:

—No quiero devorar a otros; ¡que me devoren ellos! ¡Qué hermoso es ser víctima! ¡Darse en pasto espiritual..., ser consumido..., diluirse en las almas ajenas! Así resucitaremos un día, cuando se unan todas, y sea Dios todo en todos, como San Pablo dice...

No daba ya la luz más que en la cresta de la torre; parecían espesarse la calma y el silencio, interrumpidos tan sólo por algún vencejo que cruzaba chillando el anguloso cacho de cielo del jardinillo enjaulado.

—¡Mire usted, mire usted al gato cómo trepa por ese arbolillo a la ventana de la cocina! Arriba caza ratones; aquí, entre los árboles, pajarillos. Y me entretiene mucho. ¡Qué vida!, dirá usted. ¡Aquí, con sus arbolillos, su higuera triste, su concierto de pájaros, su gato, sus gallinas, su flores..., regando sus recuerdos y cultivando su tristeza...! Después de aquel triste suceso que usted conoce, me retiré al campo a bañar mi enfermo espíritu en su quietud sedante. Iba a curarme a la vez de los estragos del urbanismo, de esa corea espiritual en que nos hunde la diaria descarga de impresiones de la ciudad. Allí, en el campo, supe lo que es dormir, y el que no sabe dormir no vive. En la ciudad, miradas, vaho de ansiosos alientos, de impuros deseos, de rencores, sonrisas equívocas, saludos, retardos, paradas..., ¡todo nos electriza! Es una serie continua de insignificantes punzadas, de cosquilleos imperceptibles, que nos galvanizan la vida y al fin nos rinden. Y fui a recibir el gran baño, la inmersión en aire libre, en luz libre, en libre calma, en el remanso de las horas tranquilas. Y allí a pensar rítmicamente, con calma, con todo el cuerpo y con el alma toda, no con el cerebro tan sólo, asiento de lo que ustedes llaman personalidad.

Interrumpiole la voz sonora de la campana de la Colegiata, que tocaba a la oración de la tarde. Miró a sus arbolillos, que parecían escucharle, y calló un rato. Respeté su silencio. Y luego, con calma, dijo:

—Del campo vine a este asilo. He renunciado a aquel yo ficticio y abstracto que me sumía en la soledad de mi propio vacío. Busqué a Dios a través de él; pero como ese mi yo era una idea abstracta, un yo frío y difuso, de rechazo, jamás di con más Dios que con su proyección al infinito, con una niebla fría y difusa también, con un Dios lógico, mudo, ciego y sordo. Pero he vuelto a mí mismo, al pobre mortal que sufre y espera, que goza y cree, a aquel a quien despiertan los sobresaltos del corazón enfermo, y aquí, en este pobre jardinillo, junto a estos mustios y silenciosos amigos, me dedico a la más honda filosofía, que consiste en repensar los viejos lugares comunes. Medito las palabras de la señora Paula, una buena vecina, inagotable en las tan conocidas reflexiones del vulgo acerca de la caducidad de la dicha y de la necesidad de la resignación. Y otras veces, a la sombra de esa higuera, armonioso órgano de pardales y becafigos, leo el Evangelio. Y en él se me muestra el Hijo del Hombre, el hombre mismo, palpable, concreto, vivo, y por Cristo, con quien hablo, subo a su Padre, sin argumentos de lógica, por escala cordial...

—¡Qué vida! —murmuré.

Y él, que me lo oyó:

—Sí —dijo—, ya sé que ustedes disertan mucho acerca de la vida, y dicen que hay que amarla; pero la tienen de querida y no de esposa. ¡La vida! ¡En ella me he enterrado, he muerto en vida en ella misma! ¡Hay que vivir! ¿Y para qué...? Esto es, ¿para qué...? ¿Para qué todo?, dígamelo. ¿Para qué...? ¿Para qué? No quiero inmolar mi alma en el nefando altar de mi fama, ¿para qué?

Cuando salí, de noche ya, parecía que al son de mis pisadas, que retumbaban en el tenebroso silencio de la solitaria calleja, vagaba por ella con quebrado vuelo, cual invisible murciélago, esta pregunta: ¿para qué?

El abejorro

—La verdad, no le creía a usted hombre de azares —le dije.

—¿Por qué? ¿Por lo del abejorro? —me preguntó.

Y a un signo afirmativo mío, añadió:

—No hay tales azares, si bien debo decirle a usted que creo que si investigáramos las últimas raíces de las supersticiones mismas que nos parecen más absurdas, aprenderíamos a no calificarlas de ligero. Figúrese usted que mis hijos, de verme a mí, adquieren mi horror al abejorro, y de mis hijos lo toman mis nietos, y va así trasmitiéndose. Se convertirá en un *azar*. Y, sin embargo, el tal horror tiene en mí raíces muy hondas y muy reales.

—Hombre, eso...

—No lo dude usted. Soy de los hombres que más se alimentan de su niñez; soy de los que más viven en los recuerdos de su lejana infancia. Las primeras impresiones que recibió el espíritu virgen, las más frescas, son las que forman su lecho, el rico légamo de que brotan las plantas que en el lago de nuestra alma se bañan.

»Fue mi niñez –siguió diciendo– una niñez triste. Casi todos los días salía con mi pobre padre, herido ya de muerte entonces. Apenas lo recuerdo; su figura se me presenta a la memoria esfumada, confinante con el ensueño. Sacábame de paseo al anochecer, los dos solos, al través de los campos, y apenas recuerdo otra cosa si no es que aquellos paseos me ponían triste.

–¿Pero no recuerda usted nada de sus palabras o conversaciones?

–Sí, sí; algunas me han quedado grabadas con imborrables caracteres. Me hablaba de la luna, de las nubes y de cómo se formaban; de cómo se siembra y crece y se recoge el trigo; de los insectos y de su vida y costumbres. Estoy seguro de que aquellas enseñanzas, hasta las que he olvidado, son las más sustanciosas que he recibido, la roca viva de mi cultura íntima. Hasta las olvidadas, se lo aseguro a usted, me vivifican el pensar desde el olvido mismo, porque el olvido es algo positivo, como el silencio y la oscuridad lo son.

–Por lo menos –le interrumpí– son el olvido, la oscuridad y el silencio los que hacen posibles la memoria, la luz y la voz.

–De pronto le entraban arrebatos súbitos y me cogía en brazos y me besaba y besuqueaba, preguntándome a cada momento: «Gabriel, ¿serás bueno siempre?». Y yo, más que conmovido, asustado, le respondía siempre: «Sí, papá». Lo recuerdo bien; me daba miedo aquella pregunta de «¿serás bueno siempre?»; miedo, miedo era lo que me daba. Alguna vez llegó hasta a llorar sobre mis mejillas; y yo recuerdo que rompí entonces a llorar también con un llanto silencioso, como el suyo, con un llanto hondo que me arrancaba de las entrañas del espíritu toda la tristeza con que ha sido amasada nuestra carne, pesares de ultracuna... ¿Quién sabe?, dolores heredados tal vez.

–¡Qué teorías...! –dije yo.

–No son teorías –me contestó–, son hechos. Se fatigaba mucho, y tenía que sentarse a cada paso; y una tarde, puesto ya el sol, me habló, mirando hacia el dorado poniente, de su cercana muerte. Y acabó con su pregunta de siempre: «¿Serás siempre bueno, Gabriel?». Nunca me dio la pregunta más miedo, más religioso terror que entonces. Ni sé si supe contestarle.

–Veo que recuerda usted más de lo que decía...

–Sí, cuando me pongo a pensar en ello. Todos estos recuerdos son el fondo sobre que he recibido mis ulteriores impresiones en la vida, y todas están teñidas de su color. Todo lo he visto a través de ellos; pero de él, de mi padre mismo, de su figura, recuerdo poco. Otras veces me hablaba del Padre, que es como llamaba siempre a Dios, y allí, en medio del campo, mientras la luz se derretía en la noche, me hacía rezar el Padrenuestro, explicándome cada una de sus palabras. Solía detenerse en el *hágase tu voluntad,* y al concluir de explicármelo me abrazaba sofocado, diciéndome: «¿Serás siempre bueno, Gabriel?».

Calló un momento, como recogiendo sus lejanos recuerdos, y prosiguió:

–Lo que sí recuerdo es su último día, el día de su muerte, el día del abejorro. Estaba ya muy débil; tenía que sentarse a cada momento, y cuando se ponía a explicarme algo lo hacía con tal lentitud, tantas pausas y tantos anhelos, que me infundía un vago terror. Aquel anochecer se sentó en un tronco de árbol derribado, y al poco tiempo, uno de esos abejorros sanjuaneros que revolotean como atontados, tropezando con todo, después de puesto el sol empezó a revolotear en torno de nosotros. Mi padre le ahuyentaba con la mano, y hasta este esfuerzo le era penoso. «Échale», me dijo. Y yo, con mi gorra, le ahuyenté. «Hoy no hay luna, papá», recuerdo que le dije; y él, con una calma terrible, mascullando cada palabra, me respondió: «Luna sí hay, hijo mío; es que está apagada, y por eso no la ves; luna hay siempre; cuando la ves como una hoz, es que no le alumbra el sol por entero... Otras veces sale casi de día...». Volvió el abejorro, y ya ni se entretuvo en ahuyentarlo. «¡Qué mal estoy, hijo!», exclamó. Yo callaba, y el abejorro zumbaba en torno nuestro. Se adelantó entonces mi padre un poco, y le brotó un chorro de sangre de la boca. Yo quedé aterrado, y a mi terror acompañaba con su revoloteo el abejorro. «¡Yo me muero, Gabriel –dijo mi padre–; adiós! ¿Serás siempre bueno?» No pude ni responder. Mi padre cayó muerto; y yo, frío, solo con él en medio del campo, de noche ya, no recuerdo lo que pensé ni lo que sentí. No recuerdo más de aquellos momentos que al abejorro, al tenaz abejorro, que parecía repetirme: «¿Serás siempre bueno, Gabriel?», y que fue a posarse en la cara misma de mi padre.

–Ahora se comprende todo –le dije–; pero ¿cómo le aterraba a usted esa sencilla pregunta, tan natural, tan dulce?

–¿Cuál? ¿La pregunta de mi padre? ¿Su última pregunta? ¿La que me dirigió poco antes de nacer a la muerte? No lo sé; pero lo que sí puedo asegurarle es que cuando me pongo a escarbar en mi conciencia y a rebuscar el porqué del terror que desde entonces me inspiran los abejorros que al anochecer revolotean como atontados, encuentro que no se debe tanto este terror a que me recuerden la muerte de mi padre como a que me traen la fatídica pregunta: «¿Serás siempre bueno, Gabriel?». Es una pregunta que me parece venir de la tumba...

–Creo que usted se equivoca. La impresión de una muerte, y de la muerte de un padre, sobre todo, y más en las circunstancias en que usted me la ha narrado, deja una huella indeleble en el alma de un niño. Es una revelación tremenda, es una fuente de seriedad para la vida.

–Puede ser; pero yo le aseguro a usted que pienso en la muerte con relativa tranquilidad; que alguna vez me ejercito en representármela al vivo y en representarme mi propia muerte, y afronto tal imagen. Pero cada vez que traigo a mi memoria aquella insistente pregunta paternal, incubada con todas las misteriosas melancolías del anochecer, aquello de «¿serás siempre bueno?», me pongo a temblar, a temblar como un azogado. Porque, dígamelo, ¿sé yo acaso si seré siempre bueno?

–Con proponérselo...

–¡Oh!, sí, lo de todos y lo de siempre... ¡Con proponérselo! ¿Sé yo si seré siempre bueno? ¿Sé siquiera si lo soy?

–¡Hombre!

–Esperaba esa expresión de asombro; con ella me han respondido casi siempre. Sí, ¿sé si lo soy?

—¡Hombre, la voz de la propia conciencia...!
—¿Y si está muda?
—Quien no tiene conciencia de obrar mal es que no obra mal, porque la intención...
—¡La intención! ¡La intención! ¿Conocemos nuestras propias intenciones? ¿Sabemos si somos buenos o no? Créame usted que es esa tremenda cuestión lo que nos hace temblar cuando zumba en torno de nosotros el abejorro evocador de la muerte. Sin esa pregunta, nadie creería en la muerte.
—Extrañas teorías...
—No, no son teorías; son hechos.

El poema vivo del amor

Un atardecer de primavera vi en el campo a un ciego conducido por una doncella que difundía en torno de sí nimbo de reposo. Era la frente de la moza trasunto del cielo limpio de nubes; de sus ojos fluía, como de manantial, una mirada sedante, que al diluirse en las formas del contorno las bañaba en preñado sosiego; su paso domeñaba a la tierra acariciándola, y el aire consonaba con el compás de su respiración, tranquila y profunda. Parecía aspirar a ella todo el ambiente campesino, de ella a la par tomando avivador refresco. Marchaba a la vera de los trigales verdes, salpicados de encendidas amapolas, que se doblaban al vientecillo, bajo el sol incubador de la mies, aún no granada. En acorde con las cadencias de la marcha de la joven palpitaba, al pulsarlo la brisa, el follaje tierno de los viejos álamos, recién vestidos de hoja, aún en escarolado capullo e impregnados de la lumbre derretida del crepúsculo.

Apagose de súbito su marcha a la vista de un valle rebosante de quietud. Posó sobre él la doncella su mirada, una mirada verdaderamente melodiosa, y depurado entonces el pobre terruño de su grosera materialidad al espejarse en las pupilas de la moza, replegábase desde ellas a sí mismo, convertido en ensueño del virginal candor de su inocente contempladora. Humanizaba al campo al contemplarlo ella, más bien que mujer, campestre naturaleza encarnada en femenino cuerpo virginal.

Cuando se hubo empapado en la visión serena, inclinose al ciego, e inspirada de filial afecto, con un beso silencioso le trasfundió el alma del paisaje.

—¡Qué hermoso! ¡Qué hermoso! —exclamó el padre entonces, vertiendo en una lágrima la dicha de sus muertos ojos. Y se volvió a besar los de su hija, en que perhenchía inconciente piedad.

Reanudaron su camino, henchido el ciego de luz íntima, de calma su lazarilla.

—¡Dios le bendiga! —dijo al cruzar con ellos un cansado caminante, sintiendo sobre sí la espiritual limosna de la mirada aquella.

—¡Mi vida, mi eternidad, mi luz, mi gloria, mi poema! —rezaba al oído de su hija el ciego, en tanto que de la rítmica pulsación de la mano que cogido le llevaba recogía la vida de la campiña toda.

Era, sí, su vida, el cáliz en que apuraba con ansia el jugo de la creación; era su eternidad, la eternidad sobre que rodaban pausadas sus horas a romperse en el olvido en espumosa crestería de dulces recuerdos; era la luz que alumbraba sus tinieblas con lumbre de amor; era la gloria en que se proyectaba al infinito; era, en fin, su poema, el poema vivo de sus entrañas, amasado con su carne y con su espíritu, con su sangre y con su meollo, con sus potencias y con sus sentidos.

Había sido Julián, el ciego, de joven, un rimador ingenioso, y por ingenioso, frío, un cerebral producto de la ciudad donde pocos van al paso y donde nunca se oye el silencio. Había sido un destilador de sentimientos quintesenciados en el alambique del ingenio, un alquimista del amor hermano de la muerte, un erótico impotente para amar con fruto. Había sido el cantor de las opulentas rosas de cien hojas, sin perfume ni fruto, todo pétalos encendidos, nacidas al borde del graso estercolero.

Enfermo de la ciudad, después de haber vertido en estrofas intrincadas la espuma del amor cerebralizado, tuvo que recogerse al campo a renovar en su fuente la vida del cuerpo. Y allí sintió por momentos volverse idiota, que el filtro en que cernía sus exquisitas sensaciones se le enturbiaba, que la carne se le hacía tierra. No podía sufrir el contacto con el aldeano receloso, egoísta y zafio; no podía resistir a Tajuña, el molinero, el héroe popular, un borracho perdido; a Martinillo, cuyas farsas grotescas desataban la risa, siempre pronta a estallar, de sus convecinos; a Panchote, el bruto del herrero, que trabajaba como un buey sin dársele de nada un ardite, un egoísta que jamás pensó en el prójimo. Dolorido del ámbito, recorría valles, encañadas y collados recitando sus propias rimas, cual conjuro al maleficio de la Naturaleza que le envolvía. Se asfixiaba falto de sociedad. Su prima Eustaquia, la hija de la familia de que era huésped, sólo pensaba ante él en no aparecer cándida.

Mas poco a poco íbale ganando el campo, invadiéndole el espíritu gota a gota, a la vez que, enriquecida su sangre, barría de sutileza su cerebro y regalaba a su corazón empuje. Iba gustando la salud, y con ella vergüenza de su pasado al ver que la Naturaleza, impasible, sonreía desdeñosa a toda su postura de afectación y fingimiento.

Llegó el día de la fiesta y se fue al monte, de romería, con su prima Eustaquia. De todo el contorno concurrían a la famosa fiesta. Al borde de la senda canturriaban quejumbrosamente sus patéticas súplicas los pordioseros. «Consideren, almas cristianas, la triste oscuridad en que me veo...» Más allá: «No hay, hermanitos, como el don precioso de la salud...» Más lejos, junto a un árbol, mostraba un muchachuelo enclenque el vientre enorme, lustroso y tostado al sol. Apartó Julián su vista de tanta miseria para descansarla en los humildes escaramujos que vestían al zarzal que festoneaba el otro lado del camino.

Llegaron a la explanada de la ermita, en que entró a rezar un momento Eustaquia, cubriéndose antes la cabeza con el blanco pañuelo. Olía a frescura de campo preñado de cosecha, y a guisos suculentos; de entre la fronda subían al cielo columnas de humo.

En el ahumado hueco de un castaño centenario aprestaban como todos los años una merienda, y como todos, reverdecía el viejo. Junto al carro del vino estaba Tajuña, el molinero, infatigable sangrador de pellejos, taza va, taza viene y él tan arrecho. Flaquearíanle las piernas, pero la cabeza no. Y Julián admiró con el pueblo al héroe. Salió a bailar Martinillo, cuya carucha parecía siempre que iba a llorar y no lloraba, y se rió Julián con el pueblo de los brincos y cabriolas felinas del gracioso. Vio con qué recogimiento merendaba Panchote y entendió que nunca es egoísta el que trabaja. Aquellas gentes eran Naturaleza, y la Naturaleza es también sociedad.

Metiose con su prima por entre los corros, donde los aldeanos bailaban con toda el alma, vertiendo en saltos y piruetas y en gritos desbordamiento de vida, el limpio goce de la libertad de los movimientos, el disfrute del propio cuerpo. Bailaban con ellos las notas claras y estridentes del pito, repletas del agrete del vinillo viejo de las montañas aquellas, notas que estrumpían de consuno con las risas francas que hacían vibrar de alegría al aire, mientras bailoteaban al viento las hojas de los castaños, bebiendo luz. Era aquella danza común, danza litúrgica, acción de gracias de la vida desnuda y pura, holocausto de energía vital.

Palpitáronle a Julián las entrañas, empezaron a cantarle la canción de la salud que rebosaba, y tomando a Eustaquia de la mano se puso a bailar en un corro con ella entre los aldeanos. Era el campo mismo quien con él bailaba. «¡Bien, bien por el señorito!», le decían; «¡alza, Julianete, alza!», le azuzaba Martinillo, provocando risa general. Batían con ritmo los pies de Eustaquia sobre el suelo; oreaba con rozagancia al aire su florecido cuerpo; esplendían arreboladas en sus mejillas rosas de salud; eran sus labios fuente de júbilo, e irradiaban sus ojos vida anhelosa de derramarse.

Cuando al terminar la danza embrazó Julián por el talle a su prima, cuyos ojos decían vida, fundiole la sangre las entrañas, derritiendo sobre su corazón a su cerebro. Sentáronse con otros en el suelo sobre la mullida alfombra a comulgar en la merienda, a beber del mismo vaso, a respirar del mismo aire y a calentarse al mismo sol.

Entonces sintió Julián el abrazo de la montaña y que al beso de la brisa se le apagaba en el alma el eco de las exóticas rimas ciudadanas. Zumbábale en la cabeza la campiña y se sentía esponjado en la alegría de vivir que le rodeaba. Era el amor que le nacía del campo, el amor fructuoso, cogüelmo de vitalidad.

A la vuelta volvían en parejas los más de los romeros, cogidos de las manos o de la cintura, bajo el derretimiento de la luz crepuscular. De cuando en cuando se escapaban de algún pecho fresco relinchidos potentes, que volaban como alondras sobre el valle para morir lánguidamente en la garganta de que como de nido salieron. Julián sintió un escalofrío vivificante al recibir el suspiro con que Eustaquia respondió al beso apretado y lento gozado en un recodo de la senda, y entonces intuyó el curado ciudadano que es el erotismo la impotencia del querer.

Cuando un año después volvió a la ciudad llevaba a ella con Eustaquia una hija, flor aromática del amor cordial, una obra del cuerpo y del alma, del ser entero y uno; inspiración del campo en que dan en el agavanzo fruto las sencillas rosas del zarzal, los humildes escaramujos de cinco pétalos; un poema engendrado en el desmayo del cerebro, poema de amor hecho carne viviente, su vida, su eternidad, su luz, su gloria, su poema.

Y cuando más tarde, perdida su compañera y olvidadas sus rimas, le cegó el cerebro, de antiguo herido, quedáronle aquellos filiales ojos que serenaban todo ambiente en que descansara con paz su mirada de inocencia.

El canto adámico

Fue esto en una tarde bíblica, ante la gloria de las torres de la ciudad, que reposaban sobre el cielo como doradas espigas gigantescas, surgiendo de la verdura que viste y borda al río. Tomé las *Hojas de yerba* –*Leaves of Grass*–, de Walt Whitman, este hombre americano, enorme embrión de un poeta secular, de quien Roberto Luis Stevenson dice que, como un perro lanudo recién desencadenado, recorría las playas del mundo ladrando a la luna; tomé esas hojas y traduje algunas a mi amigo, ante el esplendor silencioso de la ciudad dorada.

Y mi amigo me dijo:

—¡Qué efecto tan extraño causan esas enumeraciones de hombres y de tierras, de naciones, de cosas, de plantas...! ¿Es eso poesía?

Y yo le dije:

—Cuando la lírica se sublima y espiritualiza acaba en meras enumeraciones, en suspirar nombres queridos. La primera estrofa del dúo eterno del amor puede ser el «te quiero, te quiero mucho, te quiero con toda el alma»; pero la última estrofa, la del desmayo, no es más que estas dos palabras: «¡Romeo! ¡Julieta!» «¡Romeo! ¡Julieta!» El suspiro más hondo del amor es repetir el nombre del ser amado, paladearlo haciéndose miel la boca. Y mira al niño. Jamás olvidaré una escena inmortal que Dios me puso una mañana ante los ojos, y fue que vi tres niños cogidos de las manos, delante de un caballo, cantando enajenados de júbilo no más que estas palabras: «¡Un caballo!, ¡un caballo!, ¡un caballo!». Estaban creando la palabra según la repetían; su canto era un canto genesíaco.

–¿Cómo empezó la lírica? –preguntó mi amigo–, ¿cuál fue el primer canto?

–Vamos a la leyenda –le dije–, y oye lo que dice el Génesis en su segundo capítulo, cuando dice: «Formó, pues, Dios de la tierra toda bestia del campo y toda ave de los cielos y trájolas a Adán para que viese cómo las había de llamar, y todo lo que Adán llamó a los animales vivientes, ése es su nombre. Y puso Adán nombre a toda bestia y ave de los cielos, y a todo animal del campo; mas para Adán no halló ayuda que estuviese delante de él». Éste fue el primer canto, el canto de poner nombre a las bestias, extasiándose ante ellas Adán, en el alba de la humanidad.

¡Poner nombre! Poner nombre a una cosa es, en cierto modo, adueñarse espiritualmente de ella. Este mismo Walt Whitman, cuyas *Hojas de yerba* aquí tenemos, al decir en su «Canto a la puesta del sol», estas palabras: «Respirar el aire, ¡qué delicioso! ¡Hablar!, ¡pasear! ¡Coger algo con la mano!», pudo añadir: Dar nombre a las cosas, ¡qué milagro portentoso!

Al nombrar Adán a las bestias y aves se adueñó de ellas, y mira cómo el salmo octavo, después de cantar que Dios hizo que el hombre se enseñorease de las obras de las divinas manos, que le pusieron todo bajo los pies, ovejas y bueyes y, asimismo, las bestias del campo y las aves de los cielos y los peces del mar y todo cuanto pasa por los senderos de éste, acaba diciendo: «Oh Jahvé, Señor Nuestro, ¡cuán grande es tu nombre en toda la tierra!». Habla de la grandeza de ese nombre, que millones de lenguas de hombres piden día a día que sea santificado. Si supiéramos dar nombre adecuado, nombre poético, nombre creativo a Dios, en él se colmaría como en flor eterna toda la lírica.

En el Génesis también y en los versillos 24 a 30 de su capítulo XXXII se nos cuenta cómo al pasar Jacob el vado de Jaboc, cuando iba en busca de Esaú, su hermano, se quedó a hacer noche solo y luchó hasta rayar el alba con un desconocido, con un ángel de Dios o con Dios mismo, y lleno de angustia le preguntaba por su nombre, cómo se llamaba. En aquellos tiempos aurorales, declarar un viviente su nombre era declarar su esencia. Su nombre es lo primero que nos dan los héroes homéricos.

Y estos nombres no eran dichos, eran cantados en un empuje de entusiasmo y de adoración. Y tengo, por indudable, lector, que el himno que más adentro del corazón se te ha metido fue cuando viste tu propio nombre, tu nombre de pila, el doméstico, desnudo y puro, suspirado en la penumbra. Es la corona de la lírica.

La forma de letanía es acaso la más exquisita que las explosiones líricas nos ofrecen: un nombre repetido en rosario y engarzado cada vez en epítetos vivos que lo realzan. Y entre éstos hay el epíteto sagrado.

En los poemas homéricos brillan los epítetos sagrados; cada héroe lleva el suyo. Aquiles, el de los pies veloces; Héctor, el agitapenachos. Y en todo tiempo y lugar, cuando alguien encuentra el epíteto sagrado que casa poéticamente con un hombre, todos lo adoptan y todos lo repiten. Y lo que sucede con los hombres sucede con los animales y con las cosas y las ideas. La astuta zorra, el perro fiel, el noble corcel, el paciente burro, el tardo buey, la arisca cabra, la mansa oveja, la tímida liebre... y los designios de la Providencia, ¿pueden ser otra cosa que inescrutables?

Cantar, pues, el nombre, realzándolo con el epíteto sagrado, es la exaltación reflexiva de la lírica, y la exaltación irreflexiva, la suprema, es cantarlo solo y desnudo, sin epíteto alguno, es repetirlo una y otra y otra vez, como sumergiendo el alma en su contenido ideal y empapándose en él sin añadido.

—No me sorprende —le dije a mi amigo— que te produzcan extraño efecto estas enumeraciones, y te confieso que pueden ellas no tener nada de poético. Pero han de extrañarnos más a nosotros que, con palabras muertas, reducimos la lírica a algo discursivo y oratorio, a elocuencia rimada.

»Observa, además —añadí—, que una palabra no ha cobrado su esplendor y su pureza toda hasta que ha pasado por el ritmo y se ha visto ayuntada a otras en su cadencia. Es como el trigo; que no está limpio y pronto para ir a la muela hasta que no ha sido apurado, aventándolo al aire de la era.

—Ahora recuerdo —dijo mi amigo, interpolando un intermedio cómico—, ahora recuerdo cierto chascarrillo yanqui, y es que dicen que cuando Adán estaba poniendo nombre a los animales, al acercarse al caballo, dijo Eva a su marido: «Esto que viene aquí se parece a un caballo; llamémosle, pues, caballo».

—El chascarro no carece de gracia —le dije—, pero es el caso que cuando Adán puso nombre a las bestias del campo y a las aves de los cielos, aún no había sido creada la mujer, según el Génesis. De donde se saca que el hombre necesitó hablar aun estando solo, hablar consigo, es decir, cantar, y que su acto de poner nombres a los seres fue un acto de pureza lírica, de perfecto desinterés. Se los puso para extasiarse con ellos. Sólo que una vez que así los cantó y les puso nombres, sintió la necesidad de un semejante a quien comunicárselos; una vez que de la grosura de su entusiasmo brotó aquel himno de nombramiento, sintió la necesidad de un auditorio, de un público, y así, agrega el texto, que Adán no halló ayuda que estuviese delante de él. Y a seguida de esto es cuando el relato bíblico nos cuenta la creación de la primera mujer, hinchándola de una costilla del primer hombre, y como si éste hubiese sentido más vivamente la necesidad de una compañera a raíz de haberse adueñado de los seres mediante los nombres. Sintió el hombre la necesidad de alguien con quien hablar, y Dios le hizo la mujer. Y apenas surge la mujer ante el hombre, luego de decir éste lo de «esto es ahora hueso de mis huesos y carne de mi carne», lo primero que hace es darle nombre, diciendo: «Ésta será llamada varona, porque del varón fue tomada». Y este nombre, en efecto, no ha prevalecido, sino que los más de los pueblos cultos tienen para la mujer nombre de otra raíz que el nombre del hombre, y como si fuesen dos especies.

–Excepto el inglés, por lo menos –dijo mi amigo.

–Y algún otro –añadí yo.

Y recogiendo las *Hojas de yerba,* de Walt Whitman, dejamos el esplendor de la ciudad cuando se derretía en el atardecer.

Las tijeras

Todas las noches, de nueve a once, se reunían en un rinconcito del café de Occidente dos viejos a quienes los parroquianos llamaban *Las tijeras*. Allí mismo se habían conocido, y lo poco que sabían uno del otro era esto:

Don Francisco era soltero, jubilado, vivía solo con una criada vieja y un perrito de lanas muy goloso, que llevaba al café para regalarle el sobrante de los terroncitos de azúcar. Don Pedro era viudo, jubilado, tenía una hija casada, de quien vivía separado a causa del yerno. No sabían más. Los dos habían sido personas ilustradas.

Iban al café a desahogar sus bilis en monólogos dialogados, amodorrados al arrullo de conversaciones necias y respirando vaho humano.

Don Pedro odiaba al perro de su amigo. Solía llevarse a casa la sobra de su azúcar para endulzar el vaso de agua que tomaba al levantarse de la cama. Había entre él y el perrillo una lucha callada por el azúcar que dejaban los vecinos. Cuando don Pedro veía al perrillo encaramarse al mármol relamiéndose el hocico, retiraba temblando sus terroncitos de azúcar. Alguna vez, mientras hablaba, pisaba como al descuido la cola del perrito, que se refugiaba en su dueño.

El amo del perro odiaba sin conocerla a la hija de don Pedro. Estaba harto de oírle hablar de ella como de su gloria y de su consuelo; mi hija por aquí, mi hija por allí, ¡siempre su hija! Cuando el padre se quejaba del sinvergüenza de su yerno, el amo del perro le decía:

—Convénzase, don Pedro. La culpa es de la hija; si quisiera a usted como a padre, todo se arreglaría... ¡Le quiere más a él! ¡Y es natural! ¡Su mujer de usted haría lo mismo...!

El corazón del pobre padre se encogía de angustia al oír esto, y su pie buscaba la cola del perrito de aguas.

Un día el perro se comió, después de los terroncitos de su amo, los de don Pedro. Al día siguiente éste, con dignidad majestuosa, recogió, después de sus terrones, los del perro. Tras esto hablaron largo rato de la falta de justicia en el mundo.

Terribles eran las conversaciones de los viejos. Era un placer solitario y mutuo en las pausas del propio monólogo: oía cada uno los trozos del otro monólogo sin interesarse en el dolor petrificado que lo producía; lo oía, espectador sereno, como a eco puro que no se sabe de dónde sube. Iban a oír el eco de su alma sin llegar al alma de que partía.

Cuando entraba el último empezaba el tijereteo por un «¿qué hay de nuevo?», para concluir con un «¡miseria pura! ¡Todo es farsa!». Su placer era *meneallo,* emporcarlo todo para abonar el mundo.

No reproduciré aquellos monólogos como se producían; prefiero exponer su melodía pura.

—Sea usted honrado, don Francisco, y le llamarán tonto...

—¡Con razón!

—¡Resignación!, predican los que se resignan a vivir bien. ¡Por resignarme me aplastaron...!

—¡Y a mí por protestar!

—¡La vida es dura, don Pedro! Siempre oculté mis necesidades y me hubiera dejado morir de hambre en postura noble, como un gladiador que lucha por los garbanzos... ¡Oh!, hay que saber lucir un remiendo cosido con arte... Yo no he sabido lloriquear a tiempo. Siempre soltero, jamás hubiera cumplido deseos santos, porque me quitaban el pan padres de hijos que tenían las lágrimas en el bolsillo. Yo me las tragaba...

—Yo he sido casado, los solteros eran una sola boca, corrían sin carga, se contentaban con menos... Nada pude contra ellos...

—Pude ser bandido y no lo quise.

—Yo quise serlo y no lo pude conseguir, se me resistía...

—Dicen ahora que en la lucha por la vida vence el más apto. ¡Vaya una lucha! ¿El más apto? ¡Mentira, don Pedro!

—¡Verdad, don Francisco! Vence el más inepto porque es el más apto. Todos luchan a quién más se rebaja, a quién más autómata, a quién más y mejor llora, a quién más y mejor adula. ¿Tener carácter...? ¡Oh! ¿Quién es éste que quiere salir del coro y aspira a partiquino? Hay que luchar por la justicia, que no baja, como el rocío, del cielo; el que no llora, no mama. Apenas quedan más que dos oficios útiles, ladrón y mendigo, o la amenaza o las lágrimas. Hay que pedir desde arriba o desde abajo.

—¡Ah, don Francisco! El que para menos sirve es el que mejor sirve.

—Aunque lo digan, yo no soy pesimista. No tiene la culpa el mundo si hemos nacido dislocados en él.

—No hay justicia, don Francisco; que aunque a las veces se haga lo justo, es a pesar de serlo.

—¡Mire usted, don Pedro, cómo le paga su hija!

El pobre padre buscaba la cola del perrito de aguas, mientras decía:

—¡La caridad! ¡Otra como la justicia! ¡A cuántas almas fuertes mata la lucha por la caridad...! «Ah, éste sabe trabajar, no necesita», y todos pasan sin darle ni trabajo ni pan.

—¡La caridad, don Pedro! ¡Los pobres necesitaban el pan, me dieron palabras de consuelo..., les cuestan tan poco..., las tienen para su uso! ¡Los ricos me echaron mendrugos..., les cuesta tan poco..., los habrían echado a los perros! Nadie me ha dado pan con piedad; sobre el pan del cuerpo, miel del alma. He vivido del Estado: esa cosa anónima a la que nada agradezco.

—¡Ah, don Francisco! Pegan y razonan la paliza. No me duele el pisotón, sino el «usted perdone». La paliza basta, la razón sobra... Me decían: «Te conviene, es por tu bien, lo mereces»; mil sandeces más: echar en la herida plomo derretido.

—Tiene usted razón. Nadie me ha hecho más daño que los que decían hacérmelo por mi bien. Yo nací hermoso, como un gran diamante en bruto, me cogieron los lapidarios; a picazo y regla me pulieron las facetas; quedé brillante, ¡hermoso para un collar...! No quise ensartarme con los otros, ni engarzarme en oro; rodé por el arroyo; libre, el roce me gastó, he perdido el brillo y los reflejos, y hoy, opaco, achicado, apenas sirvo para rayar cristales.

–Corrí yo, tropezando en todas las esquinas para llegar al banquete. «No te apresures, me decían al fin de cada jornada: aún tienes tiempo y no te faltará en la mesa, si no es un sitio, otro.» Cuando llegué era tarde; el cansancio y el ayuno habían matado mi apetito, el resorte de mi vida; llegué a la ilusión desilusionado, harto en ayunas... ¡Se me había indigestado la esperanza!

Un día unos estudiantes hicieron una judiada al pobre perrito. Su amo se incomodó, los chicos se le insolentaron y se armó cuestión. En lo más crudo de ésta, una ola de pendencia ahogó al padre que oía todo callado, se levantó, gruñó un saludo y se fue, dejando al amo del perro que se las arreglara. Pero al siguiente día volvió como siempre.

–Yo he sido siempre progresista –decía el amo del perro–; hoy no soy nada.

–¡Yo siempre moderado...!

–Pero progresista suelto, desencasillado fuera de comité... ¡Eso me ha perdido!

–¡Eso nos ha perdido a los dos!

–¿Qué escarabajo es éste, don Pedro, que no tiene mote en los cuadros de la entomología política y social?

–Y mire usted, don Francisco, mire cómo viven *Trigonidium cicindeloides, Anaplotermes pacificus, Termes lucifugus*, *Palingenia longicauda* y tantos más de la especie tal, género cual, familia tal del orden de los insectos.

–Las ideas, don Pedro, no son más que lastre... La única verdad es la verdad viva, el hombre que las lleva... Cuando quiere subir las arroja...

–El hombre, don Francisco, es una verdad triste. Los buenos creen y esperan chupándose el dedo; los pillos se ayudan..., y al cabo, todos concluyen lo mismo. Yo creo en un limbo para los buenos y en un infierno para los malos.

–¡Feliz usted, don Pedro! ¡Feliz usted que tiene el consuelo de creer en el infierno!

–Mi mayor placer después de estos parrafitos es dormir como un lirón. Me gustaría acostarme para siempre con la esperanza de encontrar a la cabecera de mi cama mi vasito de agua azucarada un día que nunca llegue... ¡Dormir para siempre arrullado por la esperanza dulce!

–¡Mi único consuelo, don Pedro, es el pensamiento puro, y aun éste, en cuanto vive se ensucia...!

Así, aunque en otra forma, discurrían aquellos viejos que, arrecidos de frío, miraban con desdén la vida desde la cumbre helada de su soledad. Amaban la vida y gozaban en maldecir del mundo, sintiéndose ellos, los vencidos, vencedores de él, el vencedor. Lo encontraban todo muy malo porque se creían buenos y gozaban en creerlo. Era la suya una postura como otra cualquiera. Creían que el sol es farsa, pero que calienta, y en él se calentaban.

Salían juntos y bien abrigados, y al separarse continuaba cada uno por su camino el monólogo eterno.

Todas las noches murmuraban al separarse: «¡Miseria pura! ¡Todo es farsa!».

Un día faltó don Pedro al café, y siguió faltando con gran placer del perrito de aguas. Cuando el amo de éste supo que el padre había muerto, murmuró: «Pobre señor. ¡Algún disgusto que le ha dado su hija! ¿Si encontrará algún día el vaso de agua azucarada a la cabecera de la cama?». Y siguió su monólogo. El eco de su alma se había apagado, ¿quién era? ¿De dónde venía? ¿Cómo vivía? Ni lo supo ni intentó saberlo; quedó solo y no conoció su soledad.

Sigue yendo al rinconcito del café de Occidente. Los parroquianos le oyen hablar solo y le ven gesticular. Mientras da un terroncito de azúcar al perro que agita de gusto su colita rematada en un pompón, murmura: «¡Miseria pura, don Pedro, todo es farsa!». Y los parroquianos dicen: «¡Pobre señor! Desde que perdió la otra tijera, esa cabeza no anda bien. ¡Cuánto le afectó! ¡Se comprende..., a su edad!».

El amo del perro sale sin acordarse del padre de la hija, y solo sigue tijereteando: «¡Miseria pura! ¡Todo es farsa!».

Y va de cuento...

A Miguel, el héroe de mi cuento, habíanle pedido uno.

¿Héroe? ¡Héroe, sí! Y, ¿por qué? –preguntará el lector–. Pues, primero, porque casi todos los protagonistas de los cuentos y de los poemas deben ser héroes, y ello por definición. ¿Por definición? ¡Sí! Y si no, veámoslo.

Pregunta.–¿Qué es un héroe?

Respuesta.–Uno que da ocasión a que se pueda escribir sobre él un poema épico, un epinicio, un epitafio, un cuento, un epigrama, o siquiera una gacetilla o una mera frase.

Aquiles es héroe porque le hizo tal Homero, o quien fuese, al componer la *Ilíada.* Somos, pues, los escritores –¡oh, noble sacerdocio!– los que para nuestro uso y satisfacción hacemos los héroes, y no habría heroísmo si no hubiese literatura. Eso de los héroes ignorados es una mandanga para consuelo de simples. ¡Ser héroe es ser *cantado!*

Y, además, era héroe el Miguel de mi cuento porque le habían pedido uno. Aquel a quien se le pida un cuento es, por el hecho mismo de pedírselo, un héroe, y el que se lo pide es otro héroe. Héroes los dos. Era, pues, héroe mi Miguel, a quien le pidió Emilio un cuento, y era héroe mi Emilio, que pidió el cuento a Miguel. Y así va avanzando este que escribo. Es decir,

burla burlando, van los dos delante.

Y mi héroe, delante de las blancas o agarbanzadas cuartillas, fijos en ellas los ojos, la cabeza entre las palmas de las manos y de codos sobre la mesilla de trabajo –y con esta descripción, me parece que el lector estará viéndole mucho mejor que si viniese *ilustrado* esto–, se decía: «Y bien, ¿sobre qué escribo ahora yo el cuento que se me pide? ¡Ahí es nada, escribir un cuento quien, como yo, no es cuentista de profesión! Porque hay el novelista que escribe novelas, una, dos, tres o más al año, y el hombre que las escribe, cuando ellas le vienen de suyo. ¡Y yo no soy un cuentista...!».

Y no, el Miguel de mi cuento no era un cuentista. Cuando por acaso los hacía, sacábalos, o de algo que visto u oído habíale herido la imaginación, o de lo más profundo de sus entrañas. Y esto de sacar cuentos de lo hondo de las entrañas, esto de convertir en literatura las más íntimas tormentas del espíritu, los más espirituales dolores de la mente, ¡oh, en cuanto a esto!... En cuanto a esto, han dicho tanto ya los poetas líricos de todos los tiempos y países, que nos queda ya muy poco por decir.

Y luego los cuentos de mi héroe tenían para el común de los lectores de cuentos –los cuales forman una clase especial dentro de la general de los lectores– un gravísimo inconveniente, cual es el de que en ellos no había argumento, lo que se llama argumento. Daba mucha más importancia a las perlas que no al hilo en que van ensartadas, y para el lector de cuentos lo importante es la *hilación,* así, con hache, de hilo, y no *ilación,* sin ella, como nos empeñamos en escribir los más o menos latinistas que hemos dado en la flor de pensar y enseñar que ese vocablo deriva de *infero, fers, intuli, illatum.* (No olviden ustedes que soy catedrático, y de yo serlo comen mis hijos, aunque alguna vez merienden de un cuento perdido.)

Y estoy a la mitad de otro cuarteto.

Para el héroe de mi cuento, el cuento no es sino un pretexto para observaciones más o menos ingeniosas, rasgos de fantasía, paradojas, etc., etc. Y esto, francamente, es rebajar la dignidad del cuento, que tiene un valor sustantivo –creo que se dice así– en sí y por sí mismo. Miguel no creía que lo importante era el interés de la narración y que el lector se fuese diciendo para sí mismo en cada momento de ella: ¿y ahora qué vendrá?; o bien: ¿y cómo acabará esto? Sabía, además, que hay quien empieza una de esas novelas enormemente interesantes, va a ver en las últimas páginas el desenlace y ya no lee más.

Por lo cual, creía que una buena novela no debe tener desenlace, como no lo tiene, de ordinario, la vida. O debe tener dos o más, expuestos a dos o más columnas, y que el lector escoja entre ellos el que más le agrade. Lo que es soberanamente arbitrario. Y mi este Miguel era de lo más arbitrario que darse puede.

En un buen cuento lo más importante son las situaciones y las transiciones. Sobre todo estas últimas. ¡Las transiciones, oh! Y respecto a aquéllas es lo que decía el famoso melodramaturgo D'Ennery: «En un drama (y quien dice drama dice cuento) lo importante son las situaciones; componga usted una situación patética y emocionante, e importa poco lo que en ella digan los personajes, porque el público cuando llora no oye». ¡Qué profunda observación ésta de que el público cuando llora no oye! Uno que había sido apuntador del gran actor Antonio Vico me decía que representando éste una vez *La muerte civil,* cuando entre dos sillas hacía que se moría, y las señoras le miraban con los gemelos para taparse con ellos las lágrimas, y los caballeros hacían que se sonaban para enjugárselas, el gran Vico, entre hipíos estertóricos y en frases entrecortadas de agonía, estaba dando a él, al apuntador, unos encargos para contaduría. ¡Lo que tiene el saber hacer llorar!

Sí; el que en un cuento, como en un drama, sabe hacer llorar o reír, puede en él decir lo que se le antoje. El público, cuando llora o cuando se ríe, no se entera. Y el héroe de mi cuento tenía la perniciosa y petulante manía de que el público –¡su público, claro está!– se enterase de lo que él escribía. ¡Habráse visto pretensión semejante!

Permítame el lector que interrumpa un momento el hilo de la narración de mi cuento, faltando al precepto literario de la impersonalidad del cuentista (véase la *Correspondance,* de Flaubert, en cualquiera de sus cinco volúmenes *Oeuvres completes,* París, Louis Conard, libraire-éditeur, MDCCCCX), para protestar de esa pretensión ridícula del héroe de mi cuento, de que su público se enterase de lo que él escribía. ¿Es que no sabía que las más de las personas leen para no enterarse? ¡Harto tiene cada uno con sus propias penas y sus propios pesares y cavilaciones para que vengan metiéndole otros! Cuando yo, a la mañana, a la hora del chocolate, tomo el periódico del día, es para distraerme, para pasar el rato. Y sabido es el aforismo de aquel sabio granadino: «La cuestión es pasar el rato»; a lo que otro sabio, bilbaíno éste y que soy yo, añadió: «Pero sin adquirir compromisos serios». Y no hay modo menos comprometedor de pasar el rato que leer el periódico. Y si cojo una novela o un cuento no es para que de reflejo suscite mis hondas preocupaciones y mis penas, sino para que me distraiga de ellas. Y por eso no me entero de lo que leo, y hasta leo para no enterarme...

Pero el héroe de mi cuento era un petulante que quería escribir para que se enterasen, y es natural, así no puede ser, no le resultaba cuanto escribía sino paradojas.

¿Que qué es esto de una paradoja? Ah, yo no lo sé, pero tampoco lo saben los que hablan de ellas con cierto desdén, más o menos fingido, pero nos entendemos, y basta. Y precisamente el chiste de la paradoja, como el del humorismo, estriba en que apenas hay quien hable de ellos y sepa lo que son. La cuestión es pasar el rato, sí, pero sin adquirir compromisos serios; y, ¿qué serio compromiso se adquiere tildando a algo de paradoja, sin saber lo que ella sea, o tachándolo de humorístico?

Yo, que como el héroe de mi cuento, soy también héroe y catedrático de griego, sé lo que etimológicamente quiere decir eso de paradoja: de la preposición *para,* que indica lateralidad, lo que va de lado o se desvía, y *doxa* opinión; y sé que entre paradoja y herejía apenas hay diferencia; pero...

Pero ¿qué tiene que ver todo esto con el cuento? Volvamos, pues, a él.

Dejamos a nuestro héroe –empezando siéndolo mío y ya es tuyo, lector amigo, y mío, esto es, nuestro– de codos sobre la mesa, con los ojos fijos en las blancas cuartillas, etc. –véase la precedente descripción–, y diciéndose: «Y bien, ¿sobre qué escribo yo ahora...?».

Esto de ponerse a escribir, no precisamente porque se haya encontrado asunto, sino para encontrarlo, es una de las necesidades más terribles a que se ven expuestos los escritores fabricantes de héroes, y héroes, por lo tanto, ellos mismos. Porque ¿cuál, sino el de hacer héroes, el de cantarlos, es el supremo heroísmo? Como no sea que el héroe haga a su hacedor, opinión que mantengo muy brillante y profundamente en mi *Vida de Don Quijote y Sancho, según Miguel de Cervantes Saavedra,* explicada y comentada; Madrid, librería de Fernando Fe, 1905[1] y sirva esto, de paso, como anuncio–, obra en que sostengo que fue Don Quijote el que hizo a Cervantes, y no éste a aquél. ¿Y a mí quién

---

1. Para mi conciencia de bibliógrafo debo decir que antes de 1905 pone: Carrera de San Jerónimo, 2; pero desde entonces el señor Fe se ha trasladado a la Puerta del Sol, 15, y ahora añado que esa edición se ha agotado y que prepara otra la Biblioteca Renacimiento. [*Nota del autor.*]

me ha hecho, pues? En este caso, no cabe duda que el héroe de mi cuento. Sí, yo no soy sino una fantasía del héroe de mi cuento.

¿Seguimos? Por mí, lector amigo, hasta que usted quiera; pero me temo que esto se convierta en el cuento de nunca acabar. Y así es el de la vida... Aunque, ¡no!, ¡no!, el de la vida se acaba.

Aquí sería buena ocasión, con este pretexto, de disertar sobre la brevedad de esta vida perecedera y la vanidad de sus dichas, lo cual daría a este cuento un cierto carácter moralizador que lo elevara sobre el nivel de esos otros cuentos vulgares que sólo tiran a divertir. Porque el Arte debe ser edificante. Voy, por lo tanto, a acabar con una

Moraleja: Todo se acaba en este mundo miserable: hasta los cuentos y la paciencia de los lectores. No sé, pues, abusar.

Índice

El espejo de la muerte 7
El sencillo don Rafael 15
Ramón Nonnato, suicida 23
Cruce de caminos 29
El amor que asalta 35
Solitaña 42
Bonifacio 55
Las tribulaciones de Susín 60
¡Cosas de franceses! 66
El misterio de iniquidad 72
El semejante 80
Soledad 86
Al correr los años 96
La beca 104
¡Viva la introyección! 114
¿Por qué ser así? 119
El diamante de Villasola 125
Juan Manso 129
Del odio a la piedad 135
El desquite 140
Una rectificación de honor 146

Una visita al viejo poeta	154
El abejorro	161
El poema vivo del amor	167
El canto adámico	174
Las tijeras	180
Y va de cuento...	187